KB214339

한 번쯤은 위로받고 싶은 나

힘들고 아프고 흔들리는 마음 달래주기

한 번쯤은
위로받고 싶은 나

김현태 지음

레몬북스
lemon books

겉보기에는 다 괜찮은 것 같지?

속으로는 다들 힘들어해.

아픔 없는 인생이 어디 있으랴.

누구나 다 기대고 싶고,

울고 싶고,

소리 치고 싶어.

그러나 그냥 꾹 참고 견딜 뿐.

누구나 다 위로받고 싶어.

그의 마음을 다 읽을 수는 없지만

이 말 한 마디 정도는 건네주는 것은 어떨까.

"그동안 얼마나 힘들었니?"

contents

1장

그동안 얼마나 힘들었을까

2장

오늘보다 더 나은 내일이 기다려

contents

3장
익숙하게 때로는 낯설게

4장

생각은 열고, 사색은 깊게

contents

5장

사람이 꽃보다 아름다워

그동안
얼마나
힘들었을까

아파도 아프다고 말도 못 하고,

힘들어도 힘들다고 말도 못 하고

눈물 나도 눈물 흘리지도 못하고,

왜 그랬냐고 묻는다면

살아야 하기에 그랬다고 답하리라.

그렇게라도 했기에 여기까지 잘 온 거 아닌가.

그동안
얼마나
힘들었을까

누구나 다 위로가 필요하다

언제까지고 계속되는 불행은 없다.
가만히 견디고 참든지 용기를 내 쫓아버리든지
이 둘 중의 한 가지 방법을 택해야 한다.

– 로망 롤랑

한 청년이 길거리 한복판에서 표지판을 들고 서 있었다.
그 표지판에는 이렇게 적혀 있었다.

"공짜로 안아드립니다"

사람들은 다들 이상한 눈빛으로 쳐다보며 수군거렸다.
"뭐야? 뭘 안아준다는 거야?"
"혹시 변태 아니야? 아무나 안으면 안 되지."
"공짜라고 해도 이상해."

몇 시간이 지났지만 아무도 청년의 품에 안기는 사람이 없었다.
청년 역시 지칠 대로 지쳤다.
그런데 그때 한 소녀가 다가오더니 말을 건넸다.
"정말로 안아주실 거예요?"
"물론이지. 많이 힘들었구나?"
"예."
"괜찮아질 거야. 어서 안겨."
소녀는 청년의 품에 안겼다. 그러더니 갑자기 눈물을 쏟아냈다. 무슨 일인지는 모르겠지만 참으로 힘들었던 모양이다.
"이제 됐어요. 덕분에 좀 나아졌어요."
"그래, 우리 열심히 살기로 약속!"

이 광경을 본 사람들이 마치 약속이라도 한 것처럼 하나 둘 청년의 품에 안겼다. 소녀도, 소년도, 청년도, 아주머니도, 아저씨도, 할머니도, 할아버지도 다들 청년의 품에 안겼다.

조건 없이 아름다운 사랑,
따뜻하고도 고마운 위로의 말,
혼자가 아님을 일깨워주는 심장박동,
미지근하지만 식지 않는 마음의 온기.

그렇다. 겉보기에는 다 괜찮은 것 같지만 속으로는 다들 힘들어했다. 누구나 다 기대고 싶고, 울고 싶고, 소리 치고 싶었다. 그러나 그냥 꾹 참고만 있었을 뿐.

위로받고 싶었던 거다. 그의 마음을 다 읽을 수는 없지만 이 말 한마디 정도는 건네주자.
"그동안 얼마나 힘들었니?"

그럼에도 불구하고 삶은

살면 어떻게든 살아진다

그 수용소에는 출입구가 두 개 있었다.
하나는 사람들이 사라져가는 '하늘 가는 길'이었고
하나는 나치 친위대들이 사용하는 정식 출입구였다.
하루를 그렇게 보내고 나면 밤이 오곤 했다.
나는 반드시 살아야 한다.
내가 사랑한 사람들을 위해 살아야 한다.

– 마르틴 그레이

누구에게나 고비는 찾아온다.

한 번 진하고 강하게 찾아오는 경우도 있고

여러 번 시도 때도 없이 찾아오는 경우도 있다.

전자이든 후자이든 달갑지 않은 것이 사실이다.

누가 자신을 힘들게 하는 사건들을 웃으며 맞이할 수 있겠는가.

고비가 찾아오면 남녀노소 불문하고 일단 무너져 내린다.

"왜 하필이면 이런 일이 나한테 찾아온 거야."로부터 시작해서 "그
때 그 일을 하지 말았어야 했어."까지. 한동안은 원망과 후회로 몸과
마음이 뒤틀리고 인생이 심하게 흔들린다.

절망의 시간을 며칠 만에 훌훌 털면 다행이지만

그 고통이 지속되어 인생 전체를 뒤덮으면 곤란해진다.

자칫 잘못된 극단적인 선택을 할 수도 있다.

그러나 분명 알아야 할 것이 있다.

그 어떤 절망적인 상황도 우리의 목숨을 요구하지 않는다는 것이다.

신은 우리에게 감당할 수 있는 절망만 준다고 하지 않았는가.

영원한 절망은 없다. 마음을 잘 다스리고 흘려보내면 분명 지금의 시간은 지나간다. 분명 살아갈 힘이 생긴다.

절망적인 상황에서도 끝끝내 희망을 선택한 한 사람이 있다.
바로 이지선의 이야기이다.

이화여대에 다니는 꿈 많던 여대생 이지선은 오빠의 차로 귀가하던 중, 음주 운전자가 낸 교통사고의 희생양이 되었다. 전신 55퍼센트에 3도의 중화상을 입었다. 의료진은 살 가망이 없다며 고개를 내저었지만 그녀는 생의 끈을 놓지 않았다.

7개월간의 입원, 40번이 넘는 고통스런 대수술과 재활치료를 견뎌냈다. 마침내 코와 이마와 볼에서 새살이 돋아나는 '기적'을 맞이했다.

스스로 희망을 버리지 않는 이상, 희망은 결코 배신하지 않는다는 걸 몸소 깨달은 것이다.

한 인터뷰에서 그녀는 이렇게 말했다.

"지금 거울 속 내 얼굴과 모습이 흉측하기도 합니다.
그렇지만 행복하기도 합니다. 모든 것을 잃고
좌절한 순간도 있었지만 돌아보니
사고 이전보다 더 많은 행복을 느낍니다.

이 마음을 가지고 예전 얼굴로 돌아간다면
거절하진 않겠지만, 그 얼굴을 얻겠다고
다른 가치를 버리고 그 얼굴을 가지고 싶지 않습니다.
충분히 행복합니다."

인생의 고비와 맞닥뜨렸을 때, 우리는 알아야 한다.
그 지점이 절망의 끝이 아니라 지금과는 좀 다른 새로운 삶의 시작점에 불과하다는 것을. 인생의 전환점이며 내 안의 또 다른 기적을 발견하는 순간임을.

오늘을 살자. 과거 속에서 허우적거리지 말고 일단은 앞만 보고 살자. 밥도 잘 먹자. 살다 보면 살아지는 게 또한 인생이고 살아가야 하는 게 당신이다.

과거를
묻는 사람은
바보

과거에게 먹이를 주지 말자

인생은 모두가 함께하는 시간 여행이다.
매일 매일 사는 동안
우리가 할 수 있는 최선을 다해
이 멋진 여행을 만끽하는 것이다.
매일 매일 열심히 사는 것.
마치 그날이
내 특별한 삶의 마지막 날인 듯이.

– 영화 '어바웃 타임' 중에서

과거에 대한 이미지는 뭘까?

아름다운 추억일까 아니면 지난날에 대한 후회나 상처일까.

아름다운 추억을 회상하는 일이라면 그나마 낭만적이다. 추억은 일종의 뇌에게 주는 휴식의 시간이다.

그런데 대부분의 사람들은 과거로부터 그다지 좋은 걸 뽑아내지 못한다. 과거를 생각하는 사람치고 미래지향적인 사람은 없다.

'그때 잘했을걸.'

'그때가 참 좋았는데.'

'그때로 돌아가고 싶다.'

말끝마다 그때, 그때.

그때만을 말하고 생각하는 사람은 지금 현실에 대해 그다지 만족스러운 삶을 살고 있지 못한 이들이다. 또한 미래 역시 두렵다.

과거는 가끔씩 아름다운 추억을 꺼내볼 때나 필요하다.

그 외에는 절대 꺼내지 마라. 더 이상 과거에게 먹이를 주지 마라. 후회한들 되돌릴 수 없는 것이 과거이고 자꾸 꺼낸들 상처만 깊어지는 것이 과거다. 과거를 생각할 바에는 미래를 생각하라. 그게 훨씬 더 생산적이다. 물론 미래에 대한 계획이나 꿈의 포부라면 좋겠지만 미래에 대한 걱정이라면 차라리 하지 않는 게 좋다. 과거에 사로잡히면 미래도 과거가 된다. 그러니 과거도 버리고 미래도 버려라. 그렇다면 남는 것은 뭔가? 바로 현재다.

카르페 디엠!(carpe diem)
지금 이 순간을 살고 이 순간의 행복을 느껴라.

　과거를 얻고 미래를 얻는 것, 그건 바로 현재, 지금 이 순간에 답이
있다.
　러시아의 대문호 톨스토이는 사는 동안 이런 물음과 답을 반복하
며 자신의 삶을 다스렸다고 한다.

　"이 세상에서 가장 중요한 사람은 누구인가? 가장 중요한 일은 무
엇인가? 가장 중요한 시간은 무엇인가?"

　이 물음에 다음과 같은 답을 냈다고 한다.

　"이 세상에서 가장 중요한 사람은 바로 내 눈앞에 있는 사람이요,
가장 중요한 일은 지금 내가 하는 일이요, 가장 중요한 시간은 과거
도 미래도 아니며 지금 이 순간이다."

　긴 인생을 살지 말고 당신에게 주어진 지금의 1분 1초를 살자. 1분
1초가 어쩌면 인생의 전부인지도 모른다.

숨기려 하지 않아도 돼

과감히 치부를 드러내기

누구나 어떤 부분에서건
자신만의 취약점을 가지고 있다.
현명하고 용기 있는 사람은
자신의 단점과 취약점을 솔직히 인정한다.

– 지그 지글러

이 세상에 완벽한 사람은 없다.

완벽하게 보일 뿐이다.

막상 그 사람을 면밀히 들여다보면

그 역시 말 못 할 치부 내지 단점투성이이다.

누구에게나 들키고 싶지 않은 치부가 있다.

그것을 평생 들키지 않을 자신이 있다면 굳이 밝힐 필요는 없다. 그 치부가 만천하에 공개되는 순간, 창피함은 물론이고 자존심이 크게 손상되기 때문이다.

그래서 그런지는 몰라도 대부분의 사람들은 자신의 어두운 부분을 인정하려 하지 않는다. 숨기기 급급하고 무슨 일이 터지면 자기합리화로 그 상황을 모면하기 바쁘다.

그러나 두 번 생각하면 오히려 치부를 밝히는 게 훨씬 낫다.

창피함과 자존심은 그 순간뿐이다. 그 치부를 감추려고 평생 마음 조리며 사는 것보다 치부를 드러내는 게 덜 고통스럽다.

치부를 드러내는 것이 내 가치를 깎아내리는 일이라고 생각지 말자.

그건 어쩌면 발전할 수 있는 기회이며 자신을 더 사랑할 수 있는 계기가 된다. 그뿐만이 아니다. 상대와 더 친밀해질 수도 있다.

어느 강연자는 강연하기에 앞서 자신의 치부를 먼저 밝힌다.

"저는 무대공포증이 아주 심합니다. 목소리가 심하게 떨리기도 할 것이며 말이 막혀 당황스러워할 수도 있습니다. 이 점 양해 바랍니다. 저 역시 최선을 다할 것입니다. 많은 격려 바랍니다."

강연자의 고백에 청중들의 마음이 열린다.

떨리면 어떤가? 청중들은 너그럽게 이해해준다. 오히려 얼마나 인간적이냐며 고개를 끄덕이며 격려해준다.

자신의 치부를 고백하고 공개하는 것은 부끄럽고 창피한 것이 아니라 오히려 용기이며 자신의 생에 대한 애착이다.

자신의 부족한 점을 고백해 더 큰 발전을 꾀한 인물이 있다.

바로 정약용의 제자 '황상(黃裳)'이다.

정약용이 전남 강진으로 귀양살이를 갔을 때의 일이다.

정약용이 황상에게 학문을 닦을 것을 권했다. 황상은 새빨개진 얼굴에 더듬더듬 말했다.

"저는 선생님의 제자가 될 자격을 갖추고 있지 않습니다. 학문을 닦기에는 한없이 부족합니다.

첫째는 너무 둔합니다.

둘째는 앞뒤가 꽉 막혀 융통성이 없습니다.

셋째는 분별력이 많이 떨어집니다."

정약용은 솔직한 고백을 한 황상이 마음에 들었다.

"넌 내게 단점을 말했지만 내겐 다 장점으로 보이는구나. 잘 들어보렴.

첫째, 너무 똑똑한 사람은 한 번만 보고 그 뜻을 음미하지 않지만 우둔한 사람은 곱씹으니 그 뜻을 더 잘 알 수 있단다.

둘째, 제목만 던져줘도 글을 짓는 사람들은 똑똑하지만 글을 가볍게 여긴단다.

셋째, 한 마디만 해도 알아듣는 이는 복습을 하지 않지만 분별력이 떨어지는 사람은 여러 번 본단다.

그러니 상아, 네가 학문을 하기에는 가장 적합한 사람이란다."

훗날, 황상은 시 짓기에 능한 사람으로 성장했고 정약용 역시 황상을 가장 아끼고 의지했다.

치부는 드러내는 순간, 더 이상 치부가 아니다.
두려워하지 말고 속살을 내보이자.
그 속살이 사람들을 매혹시킬 것이다.

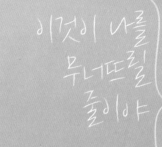

이것이 나를
무너뜨릴
줄이야

중독에서 벗어나고 싶어

자제심이란 인간의 기질과는
상반되는 것일지도 모르지만
자기 억제가 안 되는 사람은
결국 자신의 묘 구덩이를 스스로 파게 될 것이다.

– 마야 마네스

이제 막 말을 배우기 시작할 무렵부터
우리가 처음으로 배우는 것은 '하지 말아야 할 것들'이다.

울지 마라.
떠들지 마라.
뛰지 마라.
게으름 피우지 마라.
어지럽히지 마라.
딴청 피우지 마라.
싸우지 마라.
친구에게 뒤지지 마라.
꽃 꺾지 마라.
담배 피우지 마라.
술 마시지 마라.
안전속도를 어기지 마라.
밤새 게임만 하지 마라.

아무리 하지 말라고 당부하고 경고하고 세뇌시켜도
결국 하지 말란 짓을 하고 만다.
  인간은 원래부터 자제력이 약하다. 또한 유혹에도 약하다. 하지 말
라는 짓은 더 하고 싶은 반항 심리도 한 몫 한다.
  그래서 늘 정해진 틀에서 벗어나려 한다. 사실 하라는 것보다 하

지 말라는 것이 더 끌리기 마련이다. 그러한 것들은 쾌락을 주기 때문이다.

쾌락은 처음에는 달콤하고 황홀하다.

내가 자유인이 된 것 같고 세상 모든 일이 내 뜻대로 될 것 같다. 그러나 그건 쾌락이 주는 잠깐의 혜택이고 그 뒷면에는 채워지지 않는 허무가 있다.

쾌락은 중독성이 강하다.

꿀통에 한 번 빠진 파리는 그 맛에 취해 날개를 펼 생각을 하지 않는다. 결국 날개까지 꿀에 젖어 버려 다시는 날지 못하게 된다. 꿀통이 무덤이 되는 것이다.

자제한다는 것은 분명 고달픈 일이다.

그럼에도 감당해야 한다. 그래야만 한다.

자신의 감정과 정신의 교신을 절제하고 조절해야

제대로 된 삶을 살 수 있다.

당신은 괜찮은 줄 알았어요

차마 아프다고 말도 못 한 당신

우리가 부모가 됐을 때
비로소 부모가 베푸는 사랑의 고마움이
어떤 것인지 절실히 깨달을 수 있다.

– 헨리 워드 비처

격투기 선수 최홍만. 2m가 넘는 키에 덩치는 엄청 크다.

거인도 그런 거인이 없다. 그런 그도 과연 누군가에게 맞으면 아플까? 두려운 게 있을까?

한 인터뷰에서 그는 이렇게 털어놓았다.

"시험 전날, 사실 두렵다. 링 위에 올라가서 상대 선수와 싸우는 것이 무섭다. 그리고 맞아도 안 아플 거라 생각하는데 나처럼 큰 사람도 맞으면 아프다."

아무리 덩치가 크고 몸이 탄탄하다고 해도 맞으면 아프다. 아파도 아파할 수 없기에 그냥 꾹 참는 것일 뿐이다.

아파도 아프다고 말하지 못하고 힘들어도 힘들다고 말하지 못하는 사람이 또 있다. 바로 우리의 부모님들이다.

다음은 심순덕 시인의 '어머니는 그래도 되는 줄 알았습니다' 시 일부다.

찬밥 한 덩이로 대충 부뚜막에 앉아 점심을 때워도
어머니는 그래도 되는 줄 알았습니다.

(…… 중략)

배부르다, 생각 없다, 식구들 다 먹이고 굶어도
어머니는 그래도 되는 줄 알았습니다.

어머니도 힘들었을 것이다.

차마 내색하지 못했다. 행여 자식에게 누를 끼칠까 봐 그냥 묵묵히 참아내셨다.

아버지도 마찬가지다.

대한민국에서 가장으로 산다는 게 얼마나 힘든 일인가. 무너지고 싶을 때도 있었을 것이다. 그러나 아버지라는 이름으로 끝끝내 버틸 수밖에 없다.

예전에 한 영화배우가 인터뷰를 한 내용을 읽었다.

그의 솔직한 인터뷰를 통해 이 시대를 사는 아버지의 아픔을 엿볼 수 있었다.

" …… 아이들은 커가고 지출이 더 많아지는데 내 나이에 부모님에게 기댈 수도 없고 가족들 앞에서는 힘들다고 말할 수 없습니다. 아버지가 얼마나 힘들었을지 이제 이해가 됩니다. 혼자 울기도 했습니다."

얼마나 아팠을까,
얼마나 힘들었을까.

이 세상에 강한 사람은 없다.
모두 다 위로를 원하고 관심을 원한다.
오늘 밤, 고마운 사람에게 마음을 전하는 것은 어떨까.
고맙습니다. 미안합니다. 사랑합니다.
이 세 마디만으로도 충분하다.

당신은 숨 쉴 구멍이 있나요

나만을 위한 비상구가 필요하다

일과 오락이 규칙적으로 교대하면서
서로 조화가 이루어진다면 생활은 즐거운 것이 된다.
그러나 어떤 특정한 일이나 오락만으로는
그렇게 될 수 없다.

− 톨스토이

웬만한 건물에는 비상구가 다 있다.

비상시에 그곳을 이용해 탈출하면 위험으로부터 벗어날 수 있다.

그런데 건물에만 비상구가 필요할까?

영화 "반칙왕"을 보면 어눌하고 소심한 은행원 임대호(송강호)가 등장한다. 반복되는 고된 일상과 경쟁구조로 몰아가는 사회 분위기에 그는 지쳐만 간다. 오늘도 실적이 저조해 부지점장으로부터 질책과 무시를 당한다. 정말로 살맛이 안 난다.

그러던 어느 날, 우연히 레슬링을 접하게 된다.

레슬러가 되기 위한 본격적으로 훈련에 돌입한다. 낮에는 은행원 밤에는 레슬러, 힘든 하루하루지만 인생이 즐겁다. 살맛이 난다. 마침내 그는 타이거마스트를 쓴 반칙왕으로 거듭난다.

만약 그에게 레슬링이 찾아오지 않았다면 어떻게 되었을까?

어쩌면 그는 인생 앞에서 백기투항하고 그대로 무너졌을지도 모른다.

천만다행으로 그에게는 레슬링이란 비상구가 있었다.

창문이 없는 집,

휴일이 없는 공장,

하프타임이 없는 축구경기,

낙하산이 없는 낙하,

휴게소가 없는 고속도로.
얼마나 답답하고 위험하겠는가.

인생이라는 무거운 짐을 짊어져도 견딜 수 있는,
달리는 말 위에서 내려 잠시 쉬어갈 수 있는,
나만을 위하고, 나만을 생각하고, 나만을 위로하는
인생 비상구 하나쯤은 반드시 필요하다.

나만의 공간을 찾아라. 그곳에서 마음껏 미쳐라.
나만의 기댈 어깨를 찾아라. 그곳에서 마음껏 울어라.
나만의 취미를 찾아라. 그곳에서 마음껏 즐겨라.
나만의 해먹을 찾아라. 그곳에서 마음껏 쉬어라.

나만의 행복한 인생을 찾아라.
그곳에서 진짜 나를 만나라.

심심하고
따분하고
답답해

무료함에게 인생을
내주지 말자

인간은 무료함 때문에 비로소
야만성을 극복할 수 있게 되었다고 설명한다.
즉, 인간이 적극적으로 일에 몰두하는 것은
무료함의 고통으로부터 벗어나기 위해서라는 것이다.
그러므로 무료함은 결국 인류 발전을 가져다준
훌륭한 자극제가 된다.

– 엘베시우스

갑자기 자기만의 자유 시간이 주어지면 처음에는 방방 뛰며 기뻐한다. 사람과 일로부터의 해방감. 얼마 만에 맛보는 행복인가. 이것도 해보고, 저것도 해보고 생각만으로도 벌써 설렌다.

그런데 막상 뭘 하려면 딱히 할 일이 없다. 더군다나 그 자유의 시간이 길어지면 심지어 따분함과 무료함까지 느낀다. 자유가 주어졌지만 자유롭지 못한 상황이 된다.

이런 경우도 있다.

평범한 일상, 무난한 하루, 그런데 문득 인생이 따분하고 무료하게 느껴질 때가 있다. 왜 이런 마음이 드는지 이유도 알 수 없다. 이런 마음이 언제 끝날지 모른다. 막연함이 더 사람을 지치게 한다.

원인 파악이 되면 그 원인을 해결하면 되지만 원인이 분명한 것도 아니고……. 조금씩 무기력하게 만든다.

무료함, 무기력, 따분함.

이러한 것들은 하루하루 정신없이 사는 사람에게는 한가한 소리로 들릴지 모른다. 그러나 그걸 가벼이 볼 일이 아니다.

파울로 코엘료의 저서 '베로니카 죽기로 결심하다'를 보자.

스물네 살 베로니카. 부족한 거 하나 없다.

젊음, 아름다움, 남자친구들, 연봉이 높은 직업, 가족, 결핍이 없는 충만한 삶, 그게 오히려 그녀를 괴롭힌다. 삶의 무료함에서 파생된 허무함과 우울함으로 그녀는 결국 자살을 선택하고 만다.

그 이후에 많은 이야기가 있지만 결론을 말하자면 그녀는 죽지 않는다. 생에 대한 강한 애착을 갖고 열심히 살 것을 다짐하며 마무리된다.

베로니카에게 일어난 일은 소설이지만 현실에도 충분히 일어날 수 있는 일이다. 사는 것 자체가 무의미하게 허무하게 느껴질 때가 있다.

왜 그럴까? 가까운 사람들로부터 서운함을 느끼거나 자기 자신의 삶이 없을 때 그런 감정이 찾아온다.

아무리 가까운 가족이나 친구도 결국 타인이다. 당분간은 나만을 위해 살자. 더 이상의 희생도 양보도 하지 말자. 내 안의 결핍을 채우는 데 많은 시간을 할애하고 충분히 충전해야 한다.

맛있는 음식도 먹고, 평소 하고 싶었던 일도 하고, 멋진 옷도 사고, 작은 목표도 세우고, 무리라고 생각되는 일도 한번 도전해보자. 내가 내 삶을 살 때 비로소 외로움도 허무함도 무료함도 사라지게 된다. 그렇게 해도 해결이 안 된다면 주저하지 말고 주위 사람들에게 손을 내밀자.

부디 잔잔한 호수를 박차고 튀어 오르는 생생生生한 인생이 되기를 바란다.

사람이 행복이고
사람이 답이다

좋은 사람과 함께해라

같이 있으면 기분 좋은 사람들에게
둘러싸여 있다는 것 자체가
나에게는 더할 수 없는 기쁨이다.

– 베르나르 베르베르

돈이 많으면 행복할까?

참으로 어리석은 질문이 아닐 수 없다. 돈이 많으면 당연히 행복하다. 사고 싶은 거 마음껏 사고, 먹고 싶은 것도 마음껏 먹고, 친구들에게 한턱 쏘면 호감도가 급상승한다. 그뿐이랴. 하고 싶은 일도 할수 있다. 여행도 가고 나만의 가게를 낼 수도 있다. 돈만 있으면 다되는 세상에서 돈의 유무가 행복의 척도일 것이다.

명예를 가지면 행복할까?

이 또한 어리석은 질문이다. 명예를 지니면 당연히 행복하다. 명예를 가졌다는 것은 남들보다 높은 자리에 있다는 거다. 설령 낮은 위치에 있다 해도 존경을 받을 만한 사람임에 틀림없다. 누구는 돈보다명예를 더 중요하게 생각한다. 사람들로부터 받는 관심과 사랑 그리고 존경이 얼마나 기분을 들뜨게 하는가. 명예 또한 인생을 행복하게만드는 중요한 요소임에 틀림없다.

성공을 하면 행복할까?

이 역시 어리석은 질문이기는 마찬가지다. 자신이 원하는 바를 이

뤘는데 행복하지 않을 사람이 어디 있겠는가. 성공을 꿈꾸는 사람들에게는 선망의 대상이 될 것이고 부와 명예도 함께 누린다. 그동안 고생했던 날들이 다 보상을 받게 된다. 뭔가를 이루어냈다는 성취감도 클 것이고 자신에 대한 자존감도 급격하게 상승한다. 자신의 모습이 뿌듯하고 자신을 멸시했던 사람도 이제는 굽실거리며 껌처럼 붙을 것이다. 이 얼마나 빛나는 삶인가.

돈과 명예 그리고 성공.
이 중에 한 가지라도 갖춰도 행복할진대 만약 이 세 가지를 다 갖게 된다면 그 사람은 어떻게 될까? 아마도 행복해 미쳐 죽을지도 모른다.

여기서 생각해 볼 게 있다. 정말이지 돈과 명예 그리고 성공이 행복을 완성시켜 줄까? 행복함을 다 채울 수 있을까? 아무리 다 가졌다고 해도 채울 수 없는 게 있다. 가슴이 뻥 뚫린 듯한 공허함, 한없이 쓸쓸하기만 한 허전함, 견딜 수 없는 고독감은 어떻게 할 것인가?
다 갖췄다 해도 단 하나가 빠지면 결코 행복할 수 없다. 빠져서는 안 될 그 하나가 바로 '사람'이다.

설령 모든 것을 다 갖추지 못했다고 해도 이 하나, 사람을 얻었다면 그 사람이 어쩌면 더 행복한 사람일지도 모른다. 사람은 내 부족함을 채워주고 내 슬픔을 안아주고 내 상처를 어루만져주기 때문이다.

지금까지의 삶을 되돌아보자. 가장 행복했을 때가 언제인가?

대학입시에 합격했던 날? 취직을 했던 날? 보너스를 받았던 날? 상사에게 인정받던 날? 물론 행복한 순간이었을 것이다.

그러나 가장 행복했던 순간은 바로 이 순간이 아니었을까. 좋은 사람과 함께했던 그 순간, 서로의 생각을 나누고 얘기를 주고받고 맛있는 음식을 나눠 먹었던 그 순간, 그것만큼 행복한 순간이 또 있을까.

때로는 사람이 나를 힘들게 하고 속상하고 괴롭히기도 하겠지만 그래도 결국 나를 위로해주고 치유해주고 사랑해주는 것은 사람이다.

우리는 사람 안에서 행복할 수 있다.

좋은 사람과 함께하는 그 시간 동안이라도 최선을 다하자. 소중하고 아름다운 것들은 늘 심술궂어 빨리 사라지니까, 후회가 남지 않도록 아낌없이 위해주고 아껴주자. 사람을 원하고 사람을 그리워하고 사람으로 채우는 것, 그게 가장 완벽에 가까운 행복이다.

보잘것없지만
모이니 춤을 추네

이 세상에 필요 없는 일은 없다

궂은일이라도 그것에 통달하면
그때부터는 궂은일만 하는 머슴의 세계가 아니라
창공을 붕붕 날아다니는 도사의 세계가 열린다.

– 고바야시 이치고

전시회가 열렸다.

처음에는 그저 버려진 소화기에 불과했다. 그런데 마법을 부린 걸까? 전시회장에는 소화기가 펭귄의 모습으로 전시되어 있다.

전구도 마찬가지다. 파리로 재탄생되었고 솥뚜껑으로 만든 거북이도, 다리미로 만든 펠리컨 등이 가지런히 전시되어 있다. 흔한 쓰레기였던 물건들이 예술가의 손을 거치니 기상천외한 조형예술작품으로 탄생했다.

작가는 말한다.

"수명을 다했다고 다 고물이 되는 것은 아닙니다. 그것들을 어떻게 재활용하느냐에 따라 새로운 모습으로 탄생할 수 있죠. 볼품 없는 것들도 하나하나가 다 존재하는 이유가 있습니다. 그것들이 조합하고 다듬으면 멋진 작품이 되죠."

이 세상에 하찮은 것은 없다, 사소한 것 역시 없다.
나름대로 다 존재하는 이유가 있다.
작고 하찮은 일이란 없다.
지금은 알 수 없겠지만 그 작고 하찮은 것들이
위대한 성취와 다 연결돼 있다.

보잘것없는 그것에 큰 것이 다 담겨져 있다.
나에게 주어진 오늘이라는 이 시간,
나에게 주어진 일, 나와 스쳐 지나간 그 사람,
그러한 것들이 결국 부메랑처럼 돌아온다.

로마가 하루아침에 이루어진 게 아닌 것처럼 인생 역시 어느 날 갑자기 이루어진 게 아니다. 순간순간의 느낌과 작은 사건과 생각들이 모여 인생이라는 작품이 완성되는 거다.

지금 당신에게 주어진 일에 만족하지 못하는가?
그렇다면 이 이야기를 기억하라.
정부 고위층 인사가 미국항공우주국 나사(NASA)를 방문했다.
그가 청소부를 보고 물었다.
"당신은 이곳에서 무슨 일을 합니까?"
그러자 청소부는 너무나도 당당하게 이렇게 답했다.
"우주선을 달에 보내는 일을 하고 있습니다."
아무리 작고 하찮은 일이라도 그 일에 대해 스스로 어떤 의미를 부여하느냐에 따라 그 일의 가치는 달라진다.

오늘도 작은 조각 같은 일이 벌어지고 있다.
운명을 뒤바뀔 정도로 중대한 일이 아니라고 생각할지 모르겠지만 어쩌면 그 조각이 인생을 뒤집을 만큼의 단초를 제공할지도 모른다.

지금 이 순간, 최선을 다해 살자.

지금 이 순간, 더 사랑하며 살자.

지금 이 순간, 소중히 사용하자.

지금 이 순간 역시 내 인생이니까.

두 번 다시 경험할 수 없는 순간이니까.

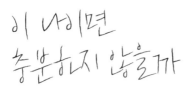

이 나이면
충분하지 않을까

나이 앞에 겸손하되
고개 숙이지 말자

어떤 사람들은 18세에 늙고
어떤 사람들은 90세에도 젊다.
시간은 사람들이 만들어낸 개념일 뿐이다.

– 요코 오노

나는 달린다

아내와 아들을 잃은 슬픔을 이겨내고자 마라톤을 시작했다.
뛸 때는 정말 행복했다. 멈추면 다시 슬퍼진다.
그래서 멈추지 않고 달린다.
해마다 마라톤 대회에 참가한다.
이번 대회를 마지막으로 난 은퇴를 한다.
나는 101살 최고령 마라토너 '파우자 싱'이다.

나는 걷는다

1940년대 15세에 최연소 보그지 표지를 장식했다.
그 이후, 안 서본 패션쇼 무대가 없다.
부와 명성을 분에 넘치도록 많이 얻었다.
세월이 흘러 백발이 되었지만 허리는 꼿꼿하다.
물론 지금도 여전히 런웨이를 걷는다.
살아 있는 한 현역이다.

나는 83세 최고령 모델 '카르멘 델로피체'이다.

나이가 든다는 것은 인생의 무게를 견뎌낸다는 거다.
나이를 잊고 산다는 것은 세월의 허들을 뛰어넘는다는 거다.
나이대로 살든 나이를 잊고 살든 다 위대한 일이다.

누구든 세월과 함께 아름답게 물들고 싶어 한다.
시간이라는 빛깔을 품어내는 도자기로 살고 싶어 한다.

방법은 이거다.
세월과 싸우지 말고 꿈과 싸워라.
세월을 밀어내지 말고 포기를 밀어내자.
세월 밑에 주저앉지 말고 세월 위에서 달리자.

2장

오늘보다
더 나은
내일이 기다려

오늘, 나 자신의 행복에

책임을 져야 한다.

오늘 내 모습을 포용하고

내가 만드는 추억은

내일을 풍성하게 한다.

오늘의 기쁨은 내일의 추억을 위한

여유를 제공한다.

진정으로
이기고 싶은가

나는 나를 뛰어넘는다

우리는 자신을 이김으로써 스스로를 향상시킨다.
자신과의 싸움은 반드시 존재하고,
거기에서 이겨야 한다.

– 에드워드 기번

여기 부엌칼과 가위가 있다.

부엌칼의 임무는 야채나 고기 같은 식재료를 자르는 것이다. 가위 역시 마찬가지다. 종이나 머리카락을 자르면 된다. 그러나 그건 너무나 당연한 임무다. 소비자의 눈높이는 예전과 다르게 높아졌다. 더 성능 좋은 칼과 가위를 원한다.

칼과 가위가 살아남기 위해서는 별 방법이 없다. 다른 경쟁제품들과 싸워서 이겨야 한다. 그래야 소비자의 선택을 받을 수 있다.

그런데 경쟁에서 이겼다고 모든 싸움이 끝나는 걸까?

그렇지 않다. 진정한 경쟁의 시작은 바로 지금부터다.

나 자신과의 싸움.

1등에게 있어 경쟁자는 자기 자신이다.

마라톤 경기에서 다른 선수들을 제쳤다고 승리하는 것은 아니다. 진짜 승부는 기록과의 싸움이다. 처절한 고통과 고독을 견디며 나 자신을 이겨야 한다.

TV 광고에서 기억에 남는 카피가 있다.

나는 130kg의 레슬러였다.

패션모델이 되고 싶었다.

모두 미쳤다고 했지만 나는 믿었다.

나는 나를 넘어섰다.

전 국가대표 슈퍼헤비급 레슬링 선수에서 오트쿠뛰르 세계 최초 남자모델이 된 김민철의 이야기이다.

그는 전도유망한 레슬러였다. 각종 대회에서 좋은 성적을 내기도 했다. 그러나 그의 마음은 늘 공허했다. 정말로 하고 싶은 일이 있었기 때문이다. 바로 '패션모델'이었다.

죽기 살기로 체중감량을 했다. 3개월 만에 기적을 이루어냈다. 130kg에서 75kg까지 줄인 것이다.

그 후, 프랑스행 비행기에 올랐다.

다들 미쳤다고 했지만 그는 앞만 보고 달렸다. 무언가가 가로막으면 뛰어넘고 무언가가 붙들면 뿌리쳤다. 오직 목표를 향해 묵묵히 걸어갔다. 그리고 마침내 또 한 번의 기적을 이루어냈다. 오트쿠뛰르 무대에 선 세계 최초의 남자모델이 된 것이다.

김민철은 김민철을 넘어섰다. 오늘의 칼이 어제의 칼을 자르고 오늘의 가위가 어제의 가위를 자른 것처럼 그렇게.

고 녀석
배짱 한번
두둑하네

두려움 없이 들이대기

두려움에 맞서기로 결심한 순간.
두려움은 증발한다.

－앤드류 매튜스

영화배우 송강호를 스타덤으로 올려준 영화는 단연 '넘버3'이다.

불사파 조직을 이끄는 대장으로 출연한 그는 코믹 연기를 선보여 대중들을 즐겁게 했다. 그의 대사는 오래도록 회자되며 수많은 패러디를 양산했다.

이런 장면이 나온다.

작업에 들어가기에 앞서 송강호는 불사파 조직원들과 짜장면 회식을 한다. 그때 송강호는 불파사 조직원들에게 이런 대사를 한다.

"예전에 최영희란 분이 있었어. …… 무조건 잡아…… 팔 부러질 때까지. 무대포 정신, 무대포 정신이 필요하다."

코믹한 대사이지만 분명 메시지가 있다.

바로 '배짱을 가져라.'이다.

남들이 보기에는 '무대포 정신'이 무모하게 보일지 몰라도 살다 보면 때로는 배짱이나 객기가 필요하기도 하다.

해봤자 안 될 거야. 이런 대책 없는 비관보다는 일단 한번 부딪쳐 보는 거야. 이런 근거 없는 자신감이 훨씬 더 훌륭하다.

해낼 수 있다는 그 배짱이, 이까짓 것 나라고 못 할까 하는 객기가 내재된 힘을 불러온다. 그리고 막상 일단 일을 진행하면 과정 속에서 새로운 돌파구를 찾기 마련이다.

당신의 어제를 보라.
시도조차 못 하고 포기한 일들이 얼마나 많은가.
꿈을 이룬 자들을 보라.
무모한 시도 없이 성공한 사람이 어디 있는가.

'담대심소(膽大心小)'란 말처럼 배짱은 크게 가지되 세심한 주의만 기울인다면 그 무엇도 다 이룰 수 있다.

걱정하지 마 잘될 거야

인생은 다행히 내일도 계속된다

희망이란 본래 있다고도 할 수 없고,
없다고도 할 수 없다.
그것은 마치 땅 위의 길과 같은 것이다.
본래 땅 위에는 길이 없다.
걸어가는 사람이 많아지면 그것이 곧 길이 되는 것이다.

- 루쉰

편안했던 날이 있었던가. 곰곰이 생각해 보면 그런 날이 없다. 잠을 잘 때 빼고는. 그렇다고 매일 잠만 잘 수도 없는 노릇이고.

그런데 또 곰곰이 생각해 보면 고민하고 괴로워하고 아파하는 게 인생이 아닐까 싶기도 하다. 편안하면 그게 인생인가?

날이 갈수록 세상살이가 녹록치 않다지만 그렇다고 손을 놓고 울고 있을 수만은 없다. 어떻게든 우리는 살아남아야 하고 내일을 맞이해야 한다. 그게 인생에 대한 예의이고 태어난 자의 의무이다.

힘들면 잠시 나무 근처의 벤치에 앉아 숨을 고르자.

고민해도 달라질 게 없다면 딱 오늘까지만 고민하고 내일은 내일의 삶을 살자.

꿈을 꾸어도 달라질 게 없어도 그래도 내일부터 다시 꿈을 꾸자.

웃음이 안 나온다고 해도 그래도 내일부터 그냥 이유 없이 웃기로 하자.

힘들다고 술로 지우려 하지 말고, 아프다고 세상과 작별할 생각 말고, 일이 잘 풀리지 않는다고 사람을 원망하지 말고, 위기가 닥쳤다고 짜증 내지 말고, 그러려니 하자.

좋지 않는 일은 심플하게 생각하고 좋은 일은 길고 복잡하게 자꾸 끄집어내자.

힘을 내자. 우리 모두. 후회 없이 부딪치자. 두렵지만 이겨내자.

마주치지 않았어야 했는데

난 유일한 사람이 되고 싶다

주체성이란 그때그때의 감정이나
상황조건에 좌우되지 않고
소신을 가지고 자신의 행동이나
대응 방법을 선택하는 것을 말한다.
이 '주체적인 선택'을 가능케 하는 것이
바로 '자기 브랜드'다

– 스기무라 다카요

2002년 월드컵 때, 사람들은 광장에 모였다.

다들 붉은 티셔츠를 입었다. 붉은 물결이 넘실댔다.

그런데 유독 한 사람, 붉은 티셔츠가 없었는지 파란색 티셔츠를 입고 있었다. 사람들은 힐끔힐끔 그를 쳐다봤다.

파란색 티셔츠를 입은 그의 심정은 어땠을까?

색이 다르다는 이유로 눈치가 보였을 것이다. 이 무리에 속할 수 없다는 소외감도 느꼈을 것이다.

이처럼 사람들은 같은 것을 서로 공유함으로써 강한 유대감 내지 동질감을 형성한다.

그렇다고 같다고 해서 다 좋은 것만은 아니다. 오히려 같아서 몇 배로 더 창피하고 화가 나는 경우도 있다.

바로 이런 경우다.

남자친구에게 잘 보이려고 여자는 우아한 원피스를 한껏 차려 입었다. 약속 장소인 카페 안으로 들어갔다. 곱게 입은 여자를 보며 남자친구는 연신 함박웃음을 짓는다. 와, 정말 예쁘다. 여자는 기분이 날아갈 것 같다.

그런데 그때, 재앙도 그런 재앙이 없다.

카페 문이 열리더니 어떤 여자가 똑같은 원피스를 입고 등장하는 게 아닌가. 눈이 마주친 두 여자는 서로 민망해하며 어쩔 줄 몰라 한다. 숨을 수도 없고 그렇다고 따질 수도 없고.

카페 안에 있던 사람들이 낄낄대며 웃는다. 물론 남자친구도 웃고 만다. 어? 둘이 옷이 똑같다. 너희 쌍둥이니? 하하하.

돋보이고 싶어서 여느 때보다 더 신경 써서 왔는데 결국 만인의 웃음거리가 된다. 오늘 기분이 완전 끝이다.

누구나 다 돋보이고 싶어 한다.
유일한 존재이길 원한다.
이 세상에서 한 벌뿐인 옷을 입는다고
유일한 존재가 될 수 있을까?
옷이 문제가 아니다. 근본적인 해결책이 필요하다.
바로 '나 브랜드'를 만드는 거다.

미국의 경영학자, 톰 피터스(Tom Peters)는 이렇게 말했다.

"우리 모두는 각각 '나 주식회사'의 대표다. 오늘날 비즈니스 세계에서 저마다 의미 있는 존재가 되기 위해 가장 중요한 일은 '당신'이라 불리는 브랜드에서 최고 마케터가 되는 것이다."

비슷하게 보일 뿐이지 사람은 다 다르다.

DNA가 다르고 성품이 다르고 생각도 다르다.

그 다름이 특별함, 유일함으로 보이기 위해서는

자신만의 무기, 색깔이 있어야 한다.

마케팅에서 상품 브랜드를 관리하듯 나 자신에 대한 관리가 필요하다. 내가 원하는 일이 뭐고 내 장점은 뭐고 타인에게 어떤 모습으로 보이길 원하고 내 최종 목표가 뭔지를 진지하게 점검할 필요가 있다. 이러한 사고와 질문은 자신을 완성해가는 과정이며 유일한 존재로 돋보이게 하는 전략이다.

옷이 다르다고 불안해하지 말고
옷이 같다고 투덜댈 필요도 없다.
어차피 나는 나다.
내가 진짜 나를 만날 수만 있다면
그보다 가치 있고 의미 있는 게 어디 있을까?
그게 정말로 내가 입어야 할 진짜 옷이고
내가 살아야 할 진짜 인생이다.

도무지
앞이 보이지 않는가

앞을 내다볼 수 있는 눈을 갖자

위대한 사람은 시대를 앞서가고
똑똑한 사람은 시대를 만들어간다.
그러나 바보는 시대를 거슬러간다.

– 장 브드리야르

'한 치 앞도 알 수 없다'는 그 말은 수정되어야 한다.

이제는 한 치 앞을 알 수 있다.

100% 완벽하게 내다볼 수는 없지만

어느 정도는 예측할 수 있다. 미래를 알 수 있다.

우리에게는 '비전(vision)'이 있기 때문이다.

눈앞의 것만을 보는 사람은 오늘의 만족을 얻을 수 있을지는 몰라도 내일의 행복과 발전을 기대할 수는 없다. 보다 나은 미래를 원한다면 시대보다 한 걸음 더 앞서 내다보는 선각자의 눈을 가져야 한다.

즉, 비전이 있어야 한다.

헬렌 켈러에게 맹인으로 태어난 것보다 더 불행한 게 뭐냐고 물었을 때, 그녀는 이렇게 말했다.

"시력은 있되 비전이 없는 것입니다."

하버드 대학교의 에드워드 밴필드 박사는 성공한 사람일수록 '시간 전망(time perspective)'이 길다고 말했다. 시간전망이라 함은 현재의 행동이 미래에 대해 어느 정도의 시간까지 고려하고 있는지에 대한 감각을 말한다.

짧은 안목을 가진 사람은
눈앞의 이익을 취할 수는 있지만
저 산 너머에 있는 엄청난 미래는 보지 못한다.
비전이 있는 사람은
오늘의 삶에 마침표를 찍는 게 아니라
늘 '그 다음에는 뭐지?'를 생각한다.

스티브 잡스 이야기다.

컴퓨터가 요즘처럼 대중화되지 않았던 시절의 이야기다.

스티브 잡스가 애플을 이끌 CEO로 지목하는 사람이 한 명 있었다. 바로 펩시 회사를 미국 최대의 음료수 회사로 끌어올린 존 스컬리 사장이었다.

어느 날, 스티브 잡스는 존 스컬리를 찾아갔다.

"애플을 이끌어주십시오."

"그게 무슨 소리요? 싫소. 난 여기 펩시가 좋소."

완강하게 거절하는 존 스컬리에게 스티브 잡스는 회심의 일격을

날렸다.

"남은 인생을 설탕물이나 팔고 살 건가요? 아니면 나랑 같이 세상을 바꿀 건가요?"

스티브 잡스의 도발적인 말에 존 스컬리는 몹시 자존심이 상했지만 끝내 고개를 끄덕였다. 존 스컬리는 스티브 잡스의 비전에 매료당한 것이다. 결국 존 스컬리는 마음을 돌렸고 애플의 CEO가 되었다.

비전은 작게는 자신의 삶을 바꾸고 크게는 세상을 바꾼다.

이 시점에서 우리는 자신의 비전을 점검해봐야 한다.

나는 누구이고 지금 어디로 가고 있으며 무엇이 나를 이끌고 미래로 갈 것인가를 생각해야 한다. 이제는 한 치 앞을 내다봐야 한다.

이 상황에서
잠이 오는가

내가 잠든 사이,
세상은 또 변해 있다

힘이 드는가?
하지만 오늘 걸으면 내일 뛰어야 한다.

– 카를레스 푸욜

프랑스의 시인이자 극작가인 장 콕토, 그에게 한 지인이 이렇게 물었다.

"프라도 박물관에 불이 난다면 자네는 어떤 작품을 갖고 나오겠나?"

장 콕토는 눈을 깜박거리더니 이내 대답을 했다.

"나는 불을 갖고 나오겠네."

다소 엉뚱한 대답이다. 그 뜨거운 불을 어떻게 가져나올 수 있는가, 그게 가능한 일인가. 불을 갖고 나오면 작품들이 안전하다는 말인가. 그의 마음을 읽기에는 어려운 면이 있긴 하지만 아마도 그는 이 말을 전하고 싶었던 것은 아니었을까.

"불로 인해 모든 것을 다 잃어도 불과 같은 열정만은 잃고 싶지 않다."

열정, 당신의 가슴속에 이 단어가 아직도 살아 있는가?

밤이 늦도록 자지 않고 이른 아침에 눈을 번쩍 뜰 정도로 어떤 일에 푹 빠져본 적이 있는가?

아무리 위대한 비전과 탁월한 계획을 갖고 있다 해도 열정 없이는 그 무엇도 이룰 수 없다. 엔진에 연료를 공급하지 않으면 차가 앞으로 나갈 수 없듯 가슴속에 열정의 불꽃이 타오르지 않으면 인생은 발전하지 못하고 정체되고 도태된다.

혹여 열정이 이미 식었거나 아예 처음부터 없었다면 이제 다시 열정의 불을 피우자.

오늘부터 사소한 일이라도 평소보다 더 집중해서 최선을 다해보자.

일을 마친 후에 기쁨과 보람을 맛볼 것이다. 분명 오늘 하루가 달라졌을 것이다. 오늘의 열정은 내일로 릴레이하고 열정이 습관이 되는 그 시점부터는 사람이 살아나고 하루가 변화하고 인생이 달라질 것이다.

열정은 잠을 이길 수 있다.
열정은 스펙을 이길 수 있다.
열정은 단점을 이길 수 있다.
열정, 매력적이지 않는가?
이 뜨거운 불꽃을 가슴에 품고 싶지 않는가?

스스로 감동하고 칭찬할 수 있는 그 수준까지 한번 열심히 해보는 거다.

아직도 모르는 가야 할 길

목적 있는 삶으로의 초대

준비된 성공과 우연히 벌어진 성공은
처음에는 별반 차이가 없어 보이지만
시간이 흐를수록 그 경계가 명확해진다.

– 맥스웰 몰츠

생의 한가운데 와서야 비로소 내가
원치 않는 곳에 와 있다는 사실을 깨달았다.
마치 가야 할 길에서 벗어나
나쁜 곳으로 떠밀려온 것 같다.
얼마나 두려움에 떨었는지 떠올리기조차 싫다.
생각만 해도 숨이 멎을 것만 같다.
하지만 어쩌다가 그렇게 길에서 멀리 벗어났는지
도저히 알 수가 없다.
몽유병이라도 걸렸던 게 아닌가 싶다.

단테 '신곡'에 등장하는 시구다.

항해를 하는 배가 머물 항구도 정하지 못했다면
망망대해에서 떠다닐 수밖에 없다.
하늘을 나는 새가 내려앉을 나뭇가지를 정하지 못했다면
허공을 그저 맴돌 수밖에 없다.

인생도 마찬가지가 아닐까.

인생의 목적이 없으면 방황과 고민과 허무만 반복될 뿐 성과와 성취의 기쁨이 없다. 인생의 북극성을 정해야 가는 길이 힘겨워도 견딜 수 있고 넘어져도 다시 일어날 이유가 생긴다.

그러나 그게 없으면 평탄한 길이라도 쉽게 지치고 넘어진다. 목적은 에너지며 동기부여며 끝까지 해내는 힘이다.

이런 실험이 있었다.

두 그룹으로 나눈 참가자들이 20km 행군을 했다.

첫 번째 그룹은 행군 시작 전에 20km 행군이란 사실을 고지했다. 그리고 행군하는 동안 지금까지 걸어온 거리와 앞으로 남은 거리를 수시로 알려줬다.

두 번째 그룹은 행군할 거리를 알려주지 않고 그냥 걷게 했다.

두 그룹이 20km 행군을 마쳤다.

성과는 어땠을까? 예상하겠지만 첫 번째 그룹이 훨씬 더 좋은 성과를 냈다. 기록도 좋고 행군 간에 에너지도 넘쳐났다. 두 그룹의 성과의 차이는 바로 목적의식에서 온 것이다.

지금 당신은 수많은 이정표가 있는 길거리 한복판에 서 있다.

당신은 어느 방향으로 발걸음을 내디뎌야 하는지 알고 있는가?

아침을 눈을 떴을 때 왜 일어나야 하고,

내가 지켜야 할 것이 무엇이며,
나를 기다리는 이들이 누구이며,
내가 세상에게 요구할 사항이 무엇이고,
내가 맞이해야 할 세계가 무엇이고,
내가 살아가는 이유와 내 존재의 이유에 대해
명확히 알고 있는가?

당신은 분명 목적이 있는 삶을 살도록 창조되었다.
당신이 정하면 되고 그 길을 가기만 하면 된다.
속도가 아니라 방향이 더 중요하다.
그 방향으로 가다 보면 따뜻한 바람을 만날 것이다.

막는다 해도
난 가야만 해

장애물은 뛰어넘어야 할
허들에 불과하다

장애물과 도전을 극복하지 못한다면 성공은 멀어진다.
반대로 장애물과 도전이 우리를 성공으로 이끈다.
반복해서 말씀드리고 싶다.
우리는 장애물과 도전 때문에 성공하게 된다.

– 리처드 폴 에반스

그저께는 울퉁불퉁한 길을 만났다.

어제는 갑자기 벽이 앞을 가로 막았다.

오늘은 아찔한 절벽을 오르고 있다.

내일은 어떤 길을 만나게 될까?

평탄한 길을 원하지 않는 사람이 어디 있겠는가.

누구나 다 눈앞에 고속도로처럼 뻥 뚫린 길이 펼쳐졌으면 한다.

그러나 현실은 그렇지 못하다. 몇 걸음 가지 못했는데 또 장애물을 만난다.

어떤 사람은 장애물 앞에 서서 이렇게 푸념한다.

"왜 하필이면 나에게만 이런 시련을 주시나요."

힘들다. 지겹기도 하겠다.

그렇다고 너무 억울해하지 마라.

주위를 보라. 행복해 보이는가?

겉보기에는 행복해보일지 몰라도 다들 비슷비슷하다. 모두 다 크고 작은 문제를 안고 살아간다. 문제가 없고 고민이 없으면 그건 살아 있는 게 아니다.

인정하자. 삶은 장애물의 연속이다.

다만 우리가 할 수 있는 일은 삶의 태도다. 장애물을 발판삼아 도약하느냐 장애물 앞에 멈춰 서느냐 그 선택이다.

인생은 계속되어야 한다.
바퀴는 계속 돌아야 한다.
앞서 나가면 뒷바퀴가 따라온다.
여의치 않아 살짝 빗겨가는 한이 있더라도
페달 돌리기를 멈춰서는 안 된다.
자전거가 멈춰서는 순간,
그 자전거는 더 이상 자전거가 아니다.

페달을 마구 돌리자.
멈추지 않는 한 장애물을 뛰어넘을 것이며
당신은 날마다 모든 면에서 점점 더 좋아질 것이다.
그 순간이 바로 장애물이 걸림돌이 아닌
디딤돌이 되는 순간일 것이다.

무어든지
시작이 중요한 거지

첫 씨앗의 마음으로 살자

처음이 중요하다.
분위기 조성에 실패하면 대세가 기울어진다.
짧지만 중요한 서론을 위해 실탄을 충분히 준비하라.

- 후쿠다 다케시

첫사랑, 첫 느낌, 첫 회사, 첫 학교, 첫 선생님, 첫 눈물, 첫 성공, 첫 감동, 첫 절망, 첫 공연, 첫 1등, 첫 단추……

'첫'자가 들어간 것에 대해 사람들은 유난히 기억이 강하다. 또한 그 여운이 유난히 길다.

왜 그럴까?

'첫'에 관련한 '초두효과(primacy effect)'가 그 대답을 하고 있다.

초두효과란 앞서 제시된 정보가 나중에 들어온 정보보다 더 큰 영향력을 미치는 것을 말한다.

이런 실험이 있다.

회사에 신입사원이 들어왔다. 인사팀장은 신입사원을 데리고 A와 B팀에 약간 달리 소개시켰다.

A팀에는 신입사원을 이렇게 소개했다.

"이 친구, 근면하고 똑똑하고 시기심이 강합니다. 잘 부탁드립니다."

B팀에는 신입사원을 좀 달리 소개했다.

"이 친구, 시기심이 강하고 근면하고 똑똑합니다. 잘 부탁드립니다."

나중에 A와 B팀 직원들에게 신입사원에 대한 느낌을 평가해달라고 요청했다.

A팀은 신입사원에 대해 대체로 긍정적으로 평가했다. 반면 B팀은

부정적으로 보았다.

똑같은 사람인데 왜 엇갈린 평가가 나온 걸까?

바로 초두효과 때문이다.

신입사원을 소개할 때 성격을 말해주는 단어의 나열 순서가 평가에 영향을 미친 것이다.

A팀에게는 '근면'을 첫 단어에 두었고 B팀에게는 '시기심'을 앞세웠다. 첫 단어의 강력함이 오래 남았던 거다.

'첫'이 참으로 중요하다.

처음 시작을 어떻게 하느냐에 따라 그 이후의 결과까지 예측할 수 있다. 처음 인상이 어땠느냐에 따라 그 사람의 이미지가 판가름 날 수 있다.

처음이 곧 끝이다.

처음이라면 더 많은 신경을 써라.

첫 단추를 잘 끼워라. 첫 씨앗을 잘 뿌려라.

그렇다고 처음만 반짝하라는 말은 아니다. 처음만 그럴 듯하고 나중에는 대충 한다면 실망감은 몇 곱절은 더할 것이다. 처음 마음을 잊지 않으려는 각오와 진정성은 계속 갖고 가야 한다.

잠을 테면
잠아 보시죠

준비한 자에게
행운이 찾아온다

핵심은 '이기려는 의지'가 아니다.
그런 의지는 모든 사람들이 다 가지고 있다.
핵심은 이기기 위해 준비하는 의지력이다.
그것이 중요하다.

– 바비 나이트

이벤트에 자주 당첨되는 사람이 있다.

그런데 운이 좋은 사람은 그냥 운이 좋아서 그런 것만은 아니다. 스스로 운을 만드는 측면이 강하다. 실제로 이벤트에 자주 당첨되는 사람은 그 이벤트에 자주 응모한다. 또한 어떻게 해야 당첨확률이 높아질까에 대한 연구도 많이 한다. 될 사람이 되는 것이다.

어느 날, 할아버지가 낮잠을 자다가 희한한 꿈을 꾸었다.

천사가 나타나더니 세 가지 소원을 들어준다는 것이다. 할아버지는 꿈 이야기를 할머니에게 했다.

"한번 소원을 빌어 봐요. 혹시 알아요?"

할아버지는 장난삼아 이렇게 말했다.

"소시지 나와라."

그러나 놀랍게도 소시지가 뿅하고 나왔다.

할머니는 할아버지의 옆구리를 찌르며 나무랬다.

"이 영감탱이, 겨우 소시지야? 에이, 빌어먹을. 이놈의 소시지 할아버지 코에 붙어라."

소시지가 할아버지 코에 붙었다.

벌써 두 가지 소원을 다 쓰고 말았다. 이제 마지막 소원만 남았다.

"할망구, 내 코에 붙은 소시지 얼른 떼 줘. 이 꼴로 어딜 가겠어?"

"그래요. 코가 저런데 금은보화가 무슨 소용이 있겠어요."

결국 할아버지 코에 붙은 소시지를 떼는 걸로 마지막 소원을 사용하고 말았다.

인생을 바꿀 기회가 찾아와도
정작 준비가 덜 된 사람은 그 기회를 놓치고 만다.

도둑을 잡고 싶은 경찰이라면 평소 도둑보다 더 빠른 발을 갖기 위
해 열심히 체력단련을 해야 한다.
골을 넣고 싶고 축구선수라면 골감각도 중요하고 위치 선정도 중
요하지만 그보다도 상대 선수보다 골을 먼저 잡을 수 있는 체력이 갖
춰야 한다.

행운과 기회는 아무나에게 오는 게 아니라
준비된 자에게만 예약된 선물이다.

방심하는 그 순간
찾아온다

미리미리
대비하는 수밖에
없다

지식인은 문제를 해결하고
천재는 이를 예방한다.

– 아인슈타인

살다 보면 뜻하지 않는 위험이 피할 새도 없이 들이닥칠 때가 있다.

바닷가에 놀러갔다가 거대한 쓰나미를 만나거나 편의점에 들어가 물건을 고르는데 느닷없이 트럭 한 대가 편의점 안으로 돌진한다거나 강한 바람 때문에 떨어진 간판이 내게 날아온다거나 등등.

이러한 것들은 손도 한번 쓰지 못하고 당하는 경우다.

이처럼 불가항력적인 것은 어쩔 수 없지만 그게 아니라면 어느 정도는 위험을 예방할 수 있다. 위험이 오기 전에 그 전조(前兆) 증상이 있기 때문이다.

'하인리히 법칙'이란 게 있다.

허버트 하인리히는 수많은 통계를 다루다가 하나의 법칙을 발견했다. 그건 바로 대형사고가 일어나기 전에 29번의 소형사고가 발생한다는 것이다. 그 소형사고가 일어나기 전에는 경미한 실수가 300번이 일어난다는 것이다. 1대 29대 300으로 정리할 수 있는데 즉 대형사고가 나기 전에는 반드시 전조(前兆)가 있다는 뜻이다.

뇌졸중도 발병 전 여러 전조 현상이 있다.

한쪽 팔다리에 힘이 빠진다든지 두통이 지속된다든지 물체가 두 개로 보인다든지. 이런 현상이 찾아오면 예방 차원에서 미리미리 병원에 가는 게 좋다.

삶이 무의미하다거나, 죽음에 관한 이야기를 자주 한다거나, 평소

아끼는 물건을 망설임 없이 준다거나, 평소보다 말이 적어지고 무뚝뚝해진다면 이건 자살 전조일 수도 있다. 누군가가 이런 조짐이 보이면 빨리 막아야 한다.

이 세상에 안전지대는 없다.

도처가 위험투성이이다.

자칫 방심하면 위험의 아가리에 먹힐 수 있다.

평생 지워지지 않는 상처로 남을 수 있다.

조금 더 신경 쓰면 위험 요소는 어느 정도 제거할 수 있다.

예방, 주의, 관심만이 최악의 상황을 막을 수 있다.

3장

익숙하게
때로는 낯설게

변하지 않는 것 같으면서

변하는 게 세상이고 인생이다.

우리 또한 변하기 마련이다.

익숙한 듯 낯설게

낯선 듯 익숙하게

어느 쪽에 치우치지 않게

줄을 잘 타야 한다.

붙들고 있는 걸 놓으면 될걸

조금만 덜 욕망하고 더 행복해져라

삶에서 잡동사니를 제거하라.
주변에 고통스러운 기억을 불러 일으키는
대상이 있다면 결별하라. 아름다우면서도
동시에 고통스러움을 유발하는 것이 있다면
가능한 한 그것과도 결별하라.

- 뤼디거 샤헤

원숭이를 사냥하는 독특한 방법이 있다.

먼저 원숭이 주먹이 간신히 들어갈 수 있는 작은 구멍이 뚫린 통을 만든다. 그 다음에 그 통 안에 원숭이가 좋아하는 먹이인 바나나, 땅콩 등을 넣어둔다. 준비 끝! 이제 원숭이를 기다린다.

원숭이가 냄새를 맡고 통 쪽으로 접근을 한다. 주위를 두리번거리더니 이내 작은 구멍에 손을 집어넣어 먹이를 움켜쥔다.

이때 원숭이 사냥을 하면 된다. 사냥꾼이 가까이 접근을 해도 원숭이는 도망가지 못한다. 그 이유는 먹이를 꽉 붙잡고 있기 때문에 팔을 빼려고 해도 빠지지 않기 때문이다. 결국 원숭이는 사냥꾼에게 잡혀 최후의 순간을 맞이하게 된다.

다른 이야기 하나가 더 있다.

산 정상에 오른 한 남자가 그만 발을 헛디뎌 절벽 아래로 떨어지고 말았다. 그런데 다행히 손을 뻗어 가까스로 나뭇가지를 잡을 수 있었다.

"이 나뭇가지를 놓으면 나는 죽어!"

있는 힘껏 나뭇가지를 잡았다. 그런데 산 정상에 있던 친구가 남자에게 소리쳤다.

"그 나뭇가지를 놔. 한 3미터 아래에 숲이 있어. 거기로 떨어지면 살 수 있어."

친구의 말을 믿지 못하고 끝끝내 나뭇가지를 움켜쥐었다.

저녁이 되자 기온은 급격하게 떨어지고 설상가상 눈까지 내리기 시작했다.

"나뭇가지를 놓으라니까! 그러면 살 수 있어!"

남자는 두려운 마음에 절대로 나뭇가지를 놓을 수 없었다.

결국 남자는 나뭇가지를 움켜잡은 채 얼어 죽고 말았다.

위의 두 가지 이야기를 통해 무엇을 배워야 할까?

바로 '놓아주기'이다.

우리는 그동안 얼마나 많은 것들을 움켜쥐며 살아 왔던가.

성공, 성취, 목표, 탐욕, 집착 등등. 욕망을 채우고 넓히고 부풀리기 위해 혈안이 되어 있었다.

채우는 과정에서 지치기도 하고 좌절하기도 하고 심지어 선의의 사람에게 피해를 주기도 한다. 채우는 것에 정신을 잃게 되면 이룬다 해도 또 다른 욕망에 사로잡혀 또 힘겨운 싸움을 해야 한다.

아잔 브라흐마는 저서 '술 취한 코끼리 길들이기'에서 이렇게 말했다.

"진정한 만족은 원하는 것을 소유하는 것이 아니라 원하는 마음으로부터 해방되는 것이다."

욕망의 끝이 없듯 만족의 끝은 없다.
내 스스로 멈추고 내려놓아야만 만족의 끝을 볼 수 있다.
다 이루지 못해도 괜찮다.

　다 채우지 않아도 된다. 하나 더 가지려고 하루하루 쫓기며 살 필요 없다. 적어도 일주일에 한 번쯤은 지금의 내 모습을 바로 보는 시간을 갖자. 정말로 이것을 원하는 것인가, 가져야만 하는 것인가, 채워야 하는 것인가. 굳이 그렇게 하지 않아도 행복하다면 왜 그런 마음고생을 사서 하는가.
　만족과 평안과 행복은 언제든지 내 것이 될 수 있다. 이제 하나 둘, 놓아줘라. 그러면 더 많은 걸 얻게 된다.

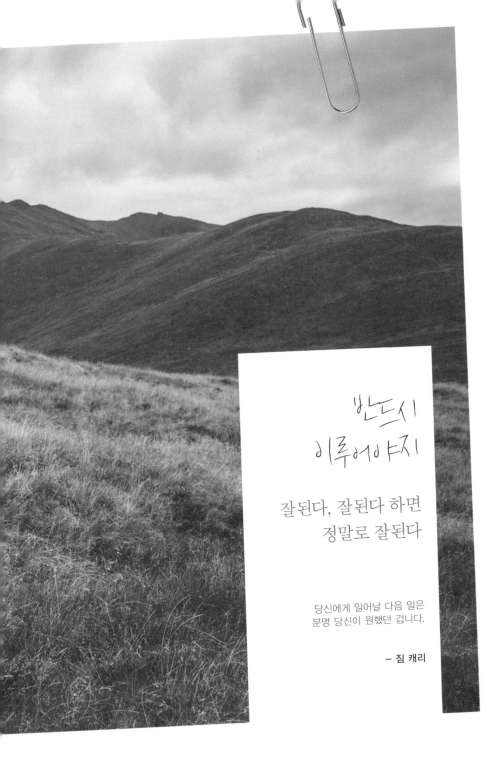

반드시
이루어야지

잘된다, 잘된다 하면
정말로 잘된다

당신에게 일어날 다음 일은
분명 당신이 원했던 겁니다.

— 짐 캐리

"난 커서 어른이 될 테야."

눈만 뜨면 매일 이렇게 주문을 외우는 아이가 있었다. 그리고 아이는 만나는 사람에게도 주문을 말했다.

"난 커서 어른이 될 테야."

세월이 지나 어느덧 아이는 집 앞의 나무만큼 자랐다.

나이 지긋한 노인이 청년을 보며 흐뭇하게 미소 지으며 말했다.

"정말로 많이 컸구나. 멋지게 자랐어."

"예. 정말로 제가 어른이 되었어요. 어릴 때부터 저는 눈만 뜨면 어른이 된다고 말했잖아요. 그랬더니 제 꿈이 이루어졌어요. 정말로 이렇게 어른이 되었어요. 정말로 신기하죠?"

"그래, 네 꿈이 이루어졌구나. 축하한다."

누구나 다 어린이가 나이를 먹으면 어른이 된다. 이건 너무나 당연한 사실이다. 앞의 이야기에 나오는 아이처럼 굳이 매일매일 어른이 되게 해달라고 말하지 않아도 된다. 가만히 있어도 저절로 어른이 될 테니까. 그렇다면 이 아이는 어리석은 아이일까?

어리석다고 말할 수도 있겠지만 다른 관점에서 보면 이 아이는 정말로 자신이 원하는 바를 이룬 아이이기도 하다. 어른이 된다고 원했기에 정말로 어른이 되지 않았는가!

여기서 말하고자 하는 것은 아이의 어리석음을 탓하자는 게 아니라 간절히 원하면 이루어진다는 메시지를 전하기 위함이다.

'간절히 원하면 이루어질까?'
이런 의문을 갖는 사람이 많을 것이다.
어쩌면 이런 의문을 갖는 것은 당연하다. 간절히 원한다고 다 이루어질까? 그러나 분명한 것은 사실은 원하지 않으면 절대 이루어질 수 없다는 거다.

속는 셈치고 간절함을 믿어보자.
간절함은 꿈과 성공에 대한 몸과 마음의 몰입도를 높이고 실천의지를 북돋아준다.
실제로 간절히 원하면 이루어진다는 것을 굳게 믿고 기적을 이끌어낸 인물이 있다.

먼저 영화 '마스크', '트루먼 쇼' 등으로 유명한 영화배우 '짐 캐리'다.
그는 영화배우가 되기 전 별 볼일 없는 가난뱅이 청년이었다. 햄버거 하나로 세 끼를 해결했고 잠자리가 없어 낡은 차에서 잠을 청했다.

아침이 되면 공중화장실에서 간단히 세수를 했고 낮에는 단역이라도 맡을 수 있을까 하고 할리우드 주변을 어슬렁거렸다.

그러나 일은 뜻대로 풀리지 않았다. 몇 년 동안 일을 구하지 못했고 하루를 버티는 것마저 힘겹게 되었다.

그러던 어느 날, 그는 새롭게 마음과 생각을 무장했다.

할리우드가 내려다보이는 언덕 위에 올라가 간절한 바람을 뇌 속에 주입시켰다.

"나는 꼭 천만 달러를 받는 영화배우가 될 거야. 이번 추수감사절은 따뜻하게 보낼 거야."

그는 천만 달러 백지수표를 가슴에 품고 시도 때도 없이 그것을 들여다봤다. 그걸 볼 때마다 자신의 목표를 되새겼고 또한 자신이 천만 달러 배우라 자부하며 당당하게 행동했다. 일종의 '자기암시'다.

그 간절함은 결국 빛을 보게 되었다. 그는 마침내 영화 '배트맨 포에버'에 캐스팅되었다. 물론 지금은 천만 달러를 능가하는 최고의 배우가 되었다.

또 한 명의 이야기가 있다.

바로 만유인력의 법칙을 발견한 '뉴턴'이다.

어느 날, 한 기자가 그에게 이런 질문을 했다.

"당신은 어떻게 그 법칙을 발견할 수 있었나요?"

그러자 뉴턴은 별 대수롭지 않다는 듯 말했다.

"종일 그 생각만 하니까요."

짐 캐리와 뉴턴의 일화가 사실인지 아니면 꿈과 성공을 이루고자 하는 이들에게 희망과 용기를 주고자 누군가가 만들어낸 이야기인지는 정확하지는 않다. 그러나 그게 사실이든 아니든 무슨 상관이랴.

중요한 것은 과연 나에게도 기적이 일어날 수 있느냐는 거다.

앞에서 말했지만 한번 속는 셈치고 무엇이 되었든 간절히 원해 보자.

간절히 원하면 생각이 행동을 유발할 것이고 행동이 쌓여 습관이 되고 그 습관은 인생을 바꿔놓을 것이다.

밑져야 본전이다. 간절해지자. 실천하자.

혹시 아는가? 당신도 그 놀라운 기적의 주인공이 될지.

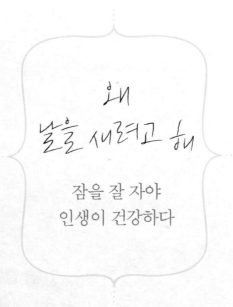

왜
날을 새려고 해

잠을 잘 자야
인생이 건강하다

일상에서 곤란한 일에 파묻혀서 지내는 사람들이 많다.
그럴 때 잠은 하나의 피난처가 된다.
폭풍 같은 스트레스 한가운데서 평안함을
유지할 수 있게 해준다.

– 브루노 콤비

사당오락(四當五落: 하루 네 시간만 잠을 자면서 공부하면 대학 입학에 성공하고 다섯 시간 이상 잠을 자면 대학 입학에 실패함을 뜻한다.)이나 아침형 인간(남들보다 아침 일찍 일어나서 활동을 하는 사람이 사회생활에서 전진적이고도 성공적인 삶을 살아가는 확률이 높다는 걸 뜻한다.)의 핵심은 열심히 노력해서 멋지게 성공하자이다. 그런데 우려되는 점이 있다. 바로 건강이다. 좋은 대학에 가려면, 성공을 하려면 남들이 잘 때 하나라도 더 공부해서 실력을 쌓는 게 중요하긴 하다. 그러나 자칫 잠 부족으로 인해 건강이 무너질 수도 있다. 아무리 좋은 대학에 가고, 성공을 했다고 한들 건강이 무너지면 무슨 소용이겠는가.

혹자는 이렇게 말한다.
"잠이야 죽으면 영영 잘 텐데 살아있을 때 뭐 하러 자. 잠은 곧 게으름이야!"
이건 잠에 대한 모독이며 잠을 너무나 우습게 보는 처사다. 잠이 얼마나 중요한지 모르고 하는 소리다.

잠은 두뇌에서 필요한 물질을 합성하고 저장을 하는 의미 있는 시간이다. 또한 내일의 활동을 위해 체력을 비축하는 시간이기도 하다.
잠이 부족하면 건강상에 문제가 생긴다. 의욕도 없어지고 늘 피곤함을 느끼고 두통도 생긴다.

불면증을 겪어보지 못한 사람은 그 고통을 모른다.

미치도록 자고 싶은데 잠이 오지 않는다. 피곤한 몸으로 다음 날을 맞이해야 하기 때문에 생활이 제대로 돌아갈 리가 없다. 결국 우울증으로 발전하고 심지어는 죽음에 이르기도 한다. 그만큼 잠은 중요하다. 잠을 우습게 볼 일이 아니다.

잠은 신의 선물이라는 말이 있다.

자야 할 시간이면 자야 한다. 컴퓨터 게임을 하거나 텔레비전 시청 혹은 음주 등으로 자는 시간을 깎아먹어서는 안 된다. 신이 주신 선물을 굳이 거부할 이유가 있는가.

바쁘게 사는 것도 멋진 일이고 남보다 더 높은 곳에 오르는 것도 훌륭한 일이다. 그러나 그러한 것도 결국 행복해지기 위해서 그런 게 아니겠는가.

행복, 그게 별거 아니다. 충분히 자고 난 후, 아침에 눈을 떴을 때 느껴지는 그 개운함, 왠지 모르게 힘이 솟는 듯한 기분. 그게 행복이다. 잘 때는 시간 아까워하지 말고 여유롭고 충분히 자고 눈을 떴을 때는 집중해서 열심히 살자. 그게 건강도 지키고 인생도 성공으로 이끄는 방법이다.

제발 앙 좀 집어넣어

투덜이는
어디에서도 환영받지 못한다

치에코 씨에게도 사쿠짱에게도
각자의 걱정거리와 고민 같은 게 있지만
두 사람에게는 순간의 행복을 인정할 줄 아는 힘이 있습니다.

– 마스다 미리

똑같은 일이 주어졌을 때 묵묵히 일을 하는 사람이 있는가 하면 입을 내민 채 처음부터 끝까지 투덜투덜 불평하는 사람이 있다.

만약에 당신이 사장이라면 묵묵히 일하는 사람을 고용하겠는가 아니면 불평을 늘어놓는 사람을 고용하겠는가. 당연히 전자일 것이다.

투덜이는 어디를 가나 환영받지 못한다. 일의 성과도 그렇고 주변 사람들에게도 좋지 않은 영향을 미친다. 그렇다고 부당한 요구나 차별에 대해 바보처럼 무조건 참으라는 얘기는 아니다. 할 말은 하되 병적으로 불평을 쏟아내지 말라는 거다.

불평을 늘어놓으면 가장 손해 보는 사람은 누굴까?

사장일까, 주위 동료일까 아니면 본인일까. 당연히 본인이다. 불평을 내뱉는 순간 스스로 삶의 기쁨을 빼앗는 꼴이 된다. 결국 불평은 불행을 불러온다.

불평을 줄이는 방법 4가지를 소개한다.

첫째, 불평의 원인을 자신에게서 찾자.

환경 탓, 남의 탓만 하다 보면 모든 것이 다 불평투성이이다. 모든 문제는 나로부터 시작한다는 것을 인정하는 순간, 불평은 잠잠해지고 발전의 계기가 된다.

둘째, 비교를 내려놓아라.

비교하기 시작하면 시기하게 되고 시기는 미움으로 바뀐다. 비교가 발전의 자극이 된다면 좋겠지만 발전보다는 불평과 상처로 이어질 확률이 훨씬 높으니 아예 처음부터 비교를 하지 않는 게 좋다.

셋째, 감사의 마음을 갖자.

불평거리도 많겠지만 시선만 옆으로 돌리면 감사할 일이 너무 많다. 놀이터에서 모래를 만지는 아이들의 도톰한 손, 창문 틈으로 들어오는 봄바람, 볼에 녹아드는 따사로운 햇살, 벗과 함께 마시는 한 잔의 커피……. 감사할 일을 하나 둘 발견하다 보면 불평은 하나 둘 수그러든다.

만화 '개구쟁이 스머프'에 나오는 '투덜이' 캐릭터는 벗어던지자. 투덜이는 만화 캐릭터라 귀엽기라도 하지만 다 큰 어른이 매일 투덜거린다면 누가 좋아하겠는가.

보는 눈이 있으니 할 수밖에

이루고 싶으면 공개선언의 효과를 이용하라

한 번 정도 다른 사람 앞에서
'무엇을 하겠다.' 선언을 하게 되면
그 다음에는 물러서지도 못하고 전진할 수밖에 없다.

- 제우스 존의

한 대학교의 연구팀은 헬스클럽에서 다이어트를 하는 사람들을 상대로 이런 실험을 했다.

일단 두 그룹으로 나눴다.

A그룹은 자기 이름과 감량목표를 적어 헬스장 벽에 붙여놓았다.

B그룹은 자기 이름과 감량목표를 공개하지 않았다.

그리고 본격적으로 두 그룹은 다이어트에 돌입했다.

3주가 지났다.

이 두 그룹의 다이어트의 결과는 어떤 차이가 있었을까?

A그룹의 다이어트 달성율이 B그룹보다 더 높았다.

이 실험을 통해 연구팀은 다음과 같은 결론을 도출해냈다.

'자기 목표를 공개하는 것이 더 달성율을 높일 수 있다.'

이 실험 결과를 우리의 삶에 적응하면 아주 유용할 것이다.

이루고 싶은 목표나 꿈이 있는가? 있다면 혼자서 가슴속에 꾹꾹 숨겨두지 말고 가슴 밖으로 꺼내라. 그리고 모든 사람들에게 목표나 꿈을 알려라.

"나 작가가 될 거야! 3년 안에 작가가 되어 너희들 앞에 나타날 거야!"

"난 5년 안에 이 사거리에서 가장 큰 차를 모는 부자 사장님이 될 거야."

"나 이번 달에 담배 끊고 다음 달에는 술도 끊을 거야. 두고 봐!"

"3개월 안으로 10kg 감량에 성공할 거야!"

만인들 앞에 소리 높여 공언을 하면 일단 마음가짐이 달라진다. 그들과의 약속을 지키기 위해서라도 더 기를 쓰고 목표를 향해 달려간다.

이게 소위 '공개선언 효과(Public Commitment Effect)'이다. 사람들에게 자신의 결심을 공개적으로 선언하면 그 결심을 끝까지 실천할 확률이 높아진다.

일본의 대부호인 소프트뱅크의 창업자인 손정의 역시 자신의 목표를 만천하에 밝혔고 마침내 그 목표를 이루어냈다.

그는 창업 첫날, 사과박스 위에 올라 아르바이트생 두 명 앞에서 큰 소리로 외쳤다.

"지금은 비록 아르바이트생 두 명이 전부인 회사의 사장이지만 저는 분명 이 회사를 일본을 넘어 세계 최고의 IT 기업으로 성장시킬 것입니다. 나는 할 수 있습니다. 해낼 겁니다."

그는 틈만 나면 자신의 목표를 사람들에게 알렸고 알린 만큼 더 열심히 뛰었다.

　몇 년 후, 그의 말은 정말로 현실이 되었다. 일본뿐만 아니라 전 세계에서도 손꼽히는 대부호가 되었고 일본 경제를 이끄는 중심인물이 되었다.

　당신도 못 하리라는 법은 없다. 원한다면 얻을 수 있고 이루고자 한다면 이룰 수 있다. 그러니 지금 당장 외쳐라.

　시내 한복판에서도 좋고, 친구들 앞에서도 좋고, 가족들 앞에서도 좋다. 구체적인 목표와 꿈을 그들에게 알려라. 알리는 순간, 당신은 목표와 꿈의 실천가가 된다.

내가 틀릴 수도 있지

아집과 편견을 넘어
더 큰 사람이 되자

나는 당신의 의견에 반대한다.
하지만 당신이 그 말을 할 수 있는 권리를 위해
당신과 같이 싸우겠다.

— 볼테르

예전에 한일전 축구 경기에서 우리나라 응원팀인 붉은 악마가 '마징가제트'를 부르며 대표팀을 응원했다. 그러자 일본 응원팀인 울트라니뽄도 뒤질세라 더 큰 소리로 응원가를 불러댔다. 그런데 놀랍게도 그들이 부른 응원가는 역시 일본어 버전인 '마징가제트'였다.

붉은 악마는 당황하지 않을 수 없었다.

"어? 황당하네. 우리나라 만화 마징가제트 노래를 어찌 저들이 부르지?"

나중에 알고 보니 우리가 어릴 때 즐겨 보았던 마징가제트가 우리나라 만화가 아니라 일본에서 만든 일본 만화였던 것이다.

일본 만화인데 우리나라 만화로 착각했던 작품들이 몇 개 더 있다. 어릴 때 즐겨 봤던 '미래소년 코난'도 그렇고 '은하철도 999'도 일본에서 만든 만화다.

이처럼 내가 확실하다고 굳게 믿고 있던 것이 진실이 아니라 틀린 경우가 있다.

'그럴 리가 없는데……. 세상이 이럴 수가! 도저히 인정할 수 없어.'

그럴 때는 시쳇말로 '멘붕'이 찾아온다. 정신적인 혼란 속에 빠지고 만다.

그런데 좀 시간이 지나고 진실을 확인하게 되면 내가 그동안 잘못 알고 있었다는 걸 씁쓸하지만 인정하게 된다. 여기서 인정이 중요하다. 내가 틀릴 수도 있다는 생각. 그 생각이 마음의 크기를 키우고 더 많은 것을 배울 수 있는 계기가 된다.

그런데 끝까지 인정을 못 하는 사람이 있다. 내가 알고 있는 게 진실이고 남의 것은 다 틀렸다라고 고집을 피우는 사람이 있다. 자신의 생각과 경험과 판단만이 옳다고 믿고 다른 사람의 것은 다 배척하는 사람이 있다.

그리스 신화에 프로크루스테스라는 인물이 있다.

그는 아테네 교외의 강가에서 살았는데 선량한 사람들을 상대로 잔인한 짓을 했다. 그가 한 일이란 이런 것이다.

그에게는 쇠로 만든 침대가 있었는데 그 침대의 용도는 잠을 자기 위한 게 아니라 사람을 죽기에 위한 것이었다. 지나가는 사람을 집에 초대해 쇠침대에 눕히고는 침대 길이보다 몸이 길면 다리를 잘랐다. 그리고 침대 길이보다 몸이 짧으면 다리를 잡아 늘렸다. 침대의 길이에 사람의 몸을 맞추는 잔인한 일을 일삼았다.

신화 이야기라 망정이지 우리가 사는 이 현실에 프로크루스테스와 같은 사람이 있었다면 얼마나 끔찍하고 소름이 돋겠는가.

프로크루스테스에게 쇠침대는 무엇일까?

바로 자기만의 아집과 편견을 말하는 것이다. 자신이 정한 기준에

타인을 맞추려고 했다.

혹시 당신은 프로크루스테스의 모습을 하고 있지는 않는가?

혹여 틀렸으면서도 괜한 자존심 때문에 끝까지 옳다고 고집 피우고 있는 것은 아닌가?

씁쓸하겠지만 틀린 것은 틀렸다고 깨끗이 인정하자. 다른 것을 받아들이자. 그게 멋진 사람이, 더 큰 사람이다.

앞뒤 재지 말고 그냥 찍어

사는 게 다 논리적일 필요는 없다

우유부단한 것만이
습관으로 되어 있는 사람보다
더 비참한 사람은 없다.

- 제임스

우리는 늘 선택의 기로에 서 있다.

짜장면을 먹을 것인가, 짬뽕을 먹을 것인가.

버스를 탈 것인가 택시를 탈 것인가.

친구를 만날 것인가 그냥 집에 있을 것인가.

그나마 이러한 것들은 선택하는데 한결 수월하다.

둘 중에 무엇을 선택하든 인생이 흐름에 큰 영향이 없기 때문이다.

그런데 꽤 중요한 선택의 문제 앞에 놓일 때도 있다.

그럴 때는 생각이 깊어진다. 이것을 선택했을 때와 저것을 선택했을 때의 상황을 미리 예측하기도 하고 어떤 것이 더 내게 이익인지 꼼꼼히 따지기도 한다. 즉, 적절한 궁리와 고민은 발전적인 결과를 가져오게 된다.

우리는 이 대목에서 경계해야 할 것이 있다.

바로 지나친 고민이다. 아무리 중요한 문제라고 해서 언제까지 선택을 보류할 수는 없다. 선택이라는 것은 빠르면 빠를수록 좋다.

지나친 고민은 자칫 우유부단의 늪에 빠지게 되고 결국 아무것도 선택하지 못해 시도나 기회조차 잃어버리는 경우도 발생한다.

고민은 깊게 그러나 짧게 하는 게 가장 좋다.
때로는 과감하고 빠른 결단이 필요할 때가 있다.

어떤 것을 선택하기에 앞서 앞뒤를 재고 논리적으로 따지는 것이 다 옳은 것만은 아니다. 직감 내지는 운을 믿으며 선택하는 것도 한 번쯤은 해볼 만하다. 적어도 우유부단으로 인해 아무것도 선택을 못하는 것보다는 낫다.

'심리학에 속지 마라'라는 책에 이런 내용이 나온다.

학생과 쥐를 상대로 실험을 했다.
먼저 미로에 쥐를 가두고 오른쪽에만 먹이를 놔뒀다. 쥐는 이를 알아채고 대부분 오른쪽 길로 갔다. 쥐가 먹이를 찾는 성공률은 60%.
다음은 학생들의 차례. 이번에도 한쪽에만 먹을 것을 놔뒀다. 학생들은 나름 논리에 내세워 어느 쪽에 먹을 것이 있는지 예측했다. 그런데 이 상황에서 논리가 필요할까? 성공률의 결과는 50%도 미치지 못했다.

이 실험에서 알 수 있듯 논리라는 게 꼭 만족할 만한 결과를 얻게 하는 것은 아니다.

우리의 인생을 보라.

예측한다고 다 그대로 된 적이 있는가. 완벽한 논리라고 해도 럭비공 같은 인생을 제어할 수 있는가. 그럴 수 없다. 어차피 인생은 예측불가하다. 따질 때는 따지고 논리를 펼 때는 펴되 때로는 무작정 해보는 것도 나쁘지 않다. 계획을 고치고 다듬고 멋지게 꾸밀 시간에 무조건 들이대는 게 어쩌면 더 많은 걸 얻게 할 수도 있다.

이제는 조금 더 과감해지자. 조금 더 단순해지자. 조금 더 빨라지자. 일단 부딪치면 죽이 되든 밥이 되든 분명 뭔가를 얻게 된다. 그게 인생 경험의 축적이 아니겠는가.

정글이 우리에게 준 선물

때로는 시간과 일을 버리라

속도를 줄이고 인생을 즐겨라.
너무 빨리 가다 보면 놓치는 것은 주위 경관뿐이 아니다.
어디로 왜 가는지도 모르게 된다.

— 에디 캔터

TV 프로그램 중에 '정글의 법칙'을 즐겨본다.

사람들의 발길이 닿지 않는 정글이나 섬 등 오지를 연예인들이 찾아가 길게는 일주일 짧게는 며칠을 생활하며 그곳 생활을 온몸으로 체험해보는 콘셉트이다.

매회 흥미롭고 때로는 감동적이었지만 가장 마음에 와 닿는 장면이 있다. 바로 배우 예지원이 정글 생활의 마지막 날에 내뱉은 말이었다.

그때의 상황을 잠시 설명하자면 대략 이렇다.

외딴 섬에서 동료들과 며칠 동안 생존을 위해 힘든 시간을 보낸 예지원. 이제 섬을 떠날 시간이 되었다. 섬과의 작별을 하기에 앞서 함께 했던 동료들과 서로의 속마음을 털어놓는 시간을 가졌다.

이날 예지원은 눈물을 글썽이며 이렇게 말했다.

"정글에 있으니까 며칠인지 몇 시인지 잊게 됐어요. 단순해지면서 이 자체가 행복해요. 이 시간을 귀하게 오래오래 간직하고 싶어요. 그동안 너무 급히 달려 온 것 같아요."

그 여배우의 눈물을 보는 순간, 뭉클했다.

우리의 일상을 돌아보자.

뭐가 그리 바빴는지 늘 쫓기며 허둥대며 살아왔다.

자신이 정한 삶의 방향대로 제대로 가고 있는지를 점검하기보다는 삶의 속도를 높이기에만 급급했다.

이룬 것은 있되 내 것이 아니고 빠르긴 하되 이미 지쳐버린 나와 너. 지금 우리의 모습이다.

정글의 법칙이 시청자에게 주고자 했던 메시지는 극한 상황을 극복하는 인간의 극복의지도 있겠지만 그보다도 바쁜 일상에서 벗어나 잠시라도 삶의 여유를 누리고 원초적인 행복을 깨닫게 하고자 한 게 아닐까 생각한다.

하루하루 바쁘게 산다는 것은 어쩌면 삶을 보다 의미 있게 보내는 방법일수도 있다. 그러나 자칫 삶의 속도에 연연하고 몰입하다 보면 진짜 내 삶을 놓치는 일이 생기고 만다.

왜 바쁘게 사는가?

바쁘게 사는 이유도 따지고 보면 행복해지려고 하는 것 아니겠는가.

행복은 마음의 여유에서 온다.

하나라도 더 얻으려고, 하나라도 더 빨리 하려고 발광을 하면 할

수록 행복은 멀어지게 되어 있다.

이 시점에서 다시 한 번 피에르 쌍소의 말을 되새기자.

"때로는 바람 부는 길에 서서 아름다운 풍경들과 함께 하며, 천천히 느끼며 바라보는 기찻길 혹은 자전거를 타며 즐거웠던, 유년의 추억에 잠겨볼 수 있는 여유. 길을 지나며 느꼈던 생각과 길 위에서 느끼며 겪었던 수많은 일 중에는 방황과 표류하는 심정이 지배할 때도 가끔은 행복도 느끼게 된다."

삶은 의외로 길다. 그 길고 긴 시간을 잘 견디기 위해서는 잠깐이라도 가는 길을 멈추고 지금까지 걸어왔던 길을 바라보며 사색할 필요가 있다. 또한 저 멀리 보이는 산 역시 바라볼 필요가 있다. 그 사색의 시간이 결국 인생을 보다 더 값지게 하고 나 자신을 위로해준다.

(144 / 145)

내 진가를
보여주어야지

겉만 키우지 말고
속을 채우자

내면의 정신 태도를 바꾸면
삶의 외적 양상을 바꿀 수 있다.

- 윌리엄 제임스

우습게 보였다. 키도 작고 생김새도 빠지고 몸집도 볼품없다. 내 주먹 한 대 맞으면 저 멀리 날아 떨어질 게 뻔하다. 그런데 좀 수상한 게 있다. 생긴 것과는 달리 너무나 당당하다. 전혀 겁을 먹지 않은 당당한 모습, 흔들림 없는 눈빛, 야무지게 앙다문 입술. 도대체 뭘 믿고 저러는지.

'쳇. 겁이 없군. 혼나봐야 정신을 차리겠군.'

성큼성큼 다가간다. 잔뜩 인상을 쓴 채 '아악.' 고함을 내지르며 주먹을 지르고 이어 발차기를 했다. 당연히 저 녀석이 쓰러졌겠지 생각했는데 이런! 믿지 못할 광경이 펼쳐졌다. 땅바닥에 널브러져 있는 것은 바로 나였다. 그 녀석보다 덩치가 훨씬 큰 내가 쓰러진 것이다.

그 녀석은 참으로 빨랐다. 내 손과 발이 닿기 전에 이미 그 녀석의 손과 발이 나를 가격했다. 그뿐만 아니라 나를 엎어치기로 바닥에 내동댕이쳤다. 누운 채로 눈을 깜빡거리며 생각했다.

'아, 우습게 봤다가 망했네. 보이는 게 전부는 아니구나. 그래, 내가 졌다.'

붙기 전에는 이길 거라 생각했는데 막상 붙어보면 절대로 이길 수 없는 사람이 있다. 겉보기와는 달리 속에서 엄청난 기운을 뿜어내는 사람이 있다. 그런 사람을 우리는 이렇게 말한다.

"내공이 있다."

내공이 있다는 것은 오랜 세월 동안 경험과 훈련을 통해 내적인 힘이 충만됐다는 거다. 한 분야에서 인정을 받을 만큼의 실력을 갖췄다는 얘기다. 내공이 있는 자는 흔들림이 없다. 어떤 위기를 맞이해도 당황하거나 허둥대지 않는다. 살아오는 동안 나름대로의 해결 노하우를 터득했을 뿐만 아니라 위기를 극복하리라는 자기믿음이 있다.

인생도, 성공도 결국 내공의 문제다.

외형적인 것, 부차적인 것은 잠깐 눈을 속일 수 있지만 내적인 것, 본질적인 것은 결국 다 드러나게 되어 있다. 아무리 겉이 화려하고 반질해도 결코 본질의 힘은 이길 수는 없다.

내공을 쌓자.
안으로부터 밖을 바꾸자.
안을 배움으로 채우고
안을 연습으로 키우고
안을 세월로 다지자.

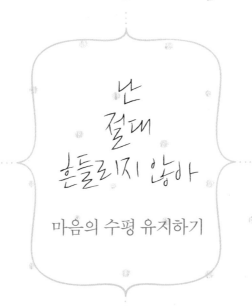

난 절대 흔들리지 않아

마음의 수평 유지하기

힘이 센 사람이 강한 사람일까?
그렇지 않다.
자기 자신을 절제할 수 아는 사람,
그 사람이 가장 강한 사람이다.

— 세네카

2012년 런던올림픽 여자양궁 개인전 결승.

한국 선수 기보배와 멕시코 아이다 로만이 붙었다.

실력들이 워낙 뛰어나 쉽사리 자웅을 겨룰 수 없었다.

연장전 돌입.

화살 한 발을 쏘아 과녁 중심에 누가 더 가깝게 가느냐에 따라 메달 색깔이 달라지는 상황까지 오게 되었다.

마지막 한 발.

긴장이 되지 않을 수가 없다. 기보배는 활시위를 당겼다. 흔들림이 없다. 관중들의 응원소리도, 상대선수의 견제도 이미 그의 마음에는 없다. 오직 과녁만 있을 뿐.

'이 순간 마음이 흔들리면 안 돼. 마음의 수평을 유지해야 해.'

드디어 활줄을 놓았다. 활이 과녁을 향해 날아갔고 8.9점에 꽂혔다.

이번에는 아이다 로만의 차례.

꼭 이겨야 한다는 중압감이 작용했던 걸까. 손이 약간 흔들렸다. 그녀의 점수는 8.5점. 두 화살의 거리는 5㎜ 정도. 그 작은 차이가 기보배에게 금메달을 안기는 순간이었다.

사실 실력의 차이는 거의 없다. 다만 절체절명의 그 순간, 누가 더 평정심을 유지하느냐가 승패가 결정된다. 기보배가 평정심 유지에서 한 수 위였다. 그 결과 올림픽 2관왕이라는 타이틀을 거머쥐게 되었다.

우리는 스스로 이성적이고 합리적인 존재라 믿는다.

그렇지만 위기가 닥치거나 화나게 하는 일이 발생하면 감정을 주체하지 못해 어쩔 줄 몰라 한다. 자연스럽게 표현되는 감정까지 숨길 필요는 없지만 그렇다고 자기감정을 막무가내로 표현하는 것도 곤란하다.

'Keep calm and carry on'이란 말이 있다.

동요하지 말고 자신의 일에 충실하자는 의미다.

자신의 감정을 스스로 조절하고 자제할 줄 알아야 한다.

감정자제가 안 되고 갑자기 헐크처럼 '욱'하거나 몹시 긴장되어 일을 잘 진행할 수 없다면 다음과 같은 작은 노력이라도 시도해보는 것은 어떨까.

1. 역지사지의 입장에서 상대방을 이해하려고 노력하자.
2. 이 순간만 넘기자는 마음으로 잘 참아내자.
3. 초콜릿 등 단 것을 먹어 마음을 진정시키자.
4. 물 한 잔, 커피 한 잔으로 여유를 찾자.
5. 좋은 결과를 상상하며 미리 미소 짓자.

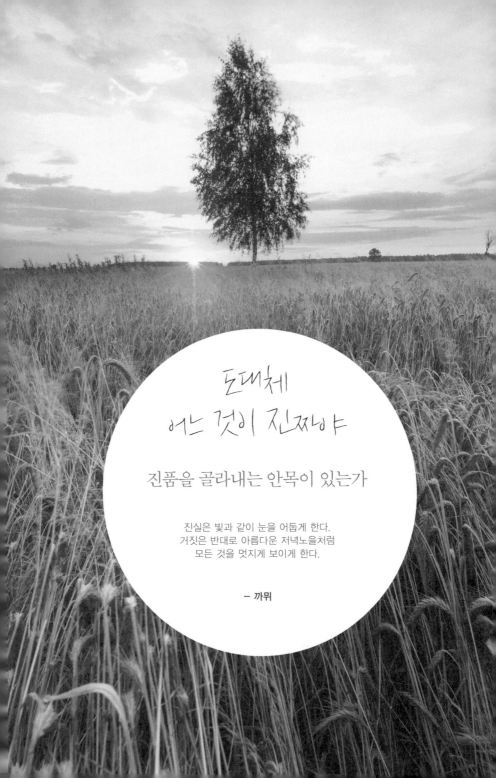

도대체
어느 것이 진짜야

진품을 골라내는 안목이 있는가

진실은 빛과 같이 눈을 어둡게 한다.
거짓은 반대로 아름다운 저녁노을처럼
모든 것을 멋지게 보이게 한다.

– 까뮈

현명한 두 왕의 이야기가 있다.

첫 번째는 고대 페르시아의 코스로스 황제다.

어느 날, 황제는 고문관들을 불러 모았다.

"내 단점을 거짓 없이 이야기해주시오. 그러면 상으로 보석을 내리겠소."

고문관들은 슬슬 눈치를 보더니 이내 칭찬만 내뱉었다. 그런데 한 고문관은 끝까지 입을 열지 않았다.

"자네는 왜 말하지 않는가?"

"진실은 대가를 바라지 않기 때문입니다."

"그래, 자네에게는 보석을 주지 않겠네. 그러니 말하게."

고문관은 황제의 문제점을 낱낱이 밝혔다. 황제는 기분이 좀 언짢긴 했지만 넓은 마음으로 받아들였다. 황제는 고문관들에게 보석을 줬고 솔직히 말한 고문관에게는 보석 대신 수상직을 맡겼다.

며칠 후, 고문관들이 우르르 몰려와 황제에게 아뢰었다.

"저희에게 주신 보석들은 다 가짜였습니다. 보석상을 처형해야 합니다."

그러자 황제는 미소 지으며 이렇게 말했다.

"어차피 자네들의 말도 다 가짜가 아니었던가?"

황제에게는 진짜 신하를 고르는 안목이 있었던 것이다.

두 번째는 지혜로운 왕인 솔로몬이다.

한 번은 고대 시바 왕국의 여왕이 솔로몬의 지혜를 시험하고자 찾아갔다.

"두 개의 화분 중에 진짜 꽃이 어떤 것인지 맞춰보세요."

솔로몬은 육안으로 꽃을 확인했지만 둘 다 진짜 꽃 같았다.

잠시 뒤, 솔로몬은 창문을 다 닫았다. 그리고 신하에게 꿀벌 몇 마리를 잡아오라고 명령했다.

"꿀벌을 잡아왔느냐? 그렇다면 그 꿀벌을 풀어 주거라."

꿀벌이 꽃 주위를 맴돌더니 생화 위에 앉았다.

"이 꽃이 생화로군요. 제가 맞췄지요?"

여왕은 고개를 끄덕였다.

짝퉁이 넘쳐나는 세상이다.

핸드백에서부터 시계, 스마트폰, 신발까지 신제품만 나오면 곧바로 짝퉁이 만들어진다.

예전에는 눈으로 슬쩍 봐도 짝퉁과 진짜가 구분이 됐지만 요즘은 짝퉁을 만들어내는 솜씨가 신의 경지에 이르렀다. 짝퉁과 진짜를 구별하기가 도통 어려운 게 아니다.

그렇다고 속고 살 수만은 없다. 짝퉁으로 인해 진짜가 그 자리를 내주면 안 된다. 짝퉁과 진짜는 분명 다르다. 구별해내야 한다.

물건뿐만 아니라 사람도 그렇고 인생도 그렇다.

남을 속이려는 사람, 위선으로 말하는 사람을 골라낼 줄 알아야 한다. 나 자신을 속이며 사는 거짓 인생도 더는 안 된다.

사람도 인생도 진실해야 한다. 세상을 보는 안목도 기르고 내공도 쌓고 현명한 지혜도 많이 섭렵해 진짜 인생을 살아보자.

궁금하고
좋은 걸
어떻게 해

좋아하는 일,
하고 싶은 일을 찾자

성공이란 당신이 가장 즐기는 일을,
당신이 감탄하고 존경하는 사람들 속에서,
당신이 원하는 방식으로 행하는 것이다.

브라이언 트레이시

하루에 백만 원씩 줄 테니 글을 쓰라고 한다면 쓸 수 있을까?(단, 하루도 거르지 않고 써야 한다.)

돈 욕심 때문에 흔쾌히 "예."라고 대답할지 모르겠지만 막상 글쓰기에 돌입하면 고역도 그런 고역은 없을 것이다.

오늘도 글을 쓰고 내일도 글을 쓰고 모레도 글을 써야 한다. 매일 글을 써야 한다면 돈이 모이기 전에 정신이 어떻게 될 게 뻔하다.

그런데 글을 매일 쓰는 사람이 있다.

글을 써서 벌어들이는 수입이 좋지 않음에도, 앉은뱅이책상 앞에 앉아 머리를 쥐어짜내며 글을 쓴다. 비전이 있는 것도 아님에도 매일 글을 쓰는 사람이 있다.

어떻게 그게 가능할까? 이유는 간단하다. 좋아하기 때문이다. 글쓰기가 좋기 때문에 매일 쓸 수 있는 것이다.

생각해보자. 박지성이 어떻게 세계적인 선수가 될 수 있었을까?

공을 차면서 '아, 내가 지금 왜 여기서 뛰고 있지?'라고 고민하고 싫증을 낸다면 최고의 자리에 설 수 있었을까? 아무리 돈을 받고 뛴다고 해도 자기가 좋아하지 않으면 버틸 수 없다. 좋아하는 일을 하기 때문에 매 경기에 최선을 다해 뛸 수 있었고 결과적으로도 좋은 선수가 될 수 있었다.

지금 하는 일에 만족하는가?

만족한다면 그게 체질에 맞다. 그러나 돌아가고 싶은 과거나 앞으로 반드시 하고 싶은 일이 자꾸 떠오른다면 지금 하는 일이 나와 맞지 않다는 증거다. 그렇다고 지금 당장 하는 일을 때려치우라는 얘기가 아니다.

한번 시간을 두고 진지하게 생각해보자.

인생의 목표가 성공인가, 아니면 행복인가. 행복이라 생각한다면 과감히 궤도를 수정하는 것도 방법이다. 지금까지 열심히 살았으니 이제부터는 조금 이기적으로 살아도 괜찮다. 내가 하고 싶은 일을 해도 괜찮다. 변명과 이유를 늘어놓으며 뒷걸음치지 마라.

다시 시작해보자. 좋아하는 일을 하면 일단 밤새워 할 수 있는 의지가 절로 생긴다. 즐거운 마음으로 일하니 능률도 높아진다.

어릴 적, 밤새워도 지치지 않았던 그 일이 무엇이었는가?

하면 할수록 신나는 일, 가슴 뛰는 일이 무엇이었는가?

기억을 더듬어 가다 보면 분명 그 일이 진짜 내 일임을 깨닫게 될 것이다.

4장

생각은 열고,
사색은 깊게

생각의 싹을 틔우면

내일의 문이 열리고

사색의 꽃이 피면

인생의 향기가 진해진다.

오늘 무슨 생각으로

아침을 열 것이며

어떤 사색의 밤을 맞이할 것인가.

창조는
생각을 지우는 것

심플이 정답이다

여백이 있는 방은 빛으로 채워진다.
물건이 거의 없는 방에서는
찻잔 하나도 존재감을 가진다.
여백이 있는 공간에서는 모든 게 작품이 되고
매 순간이 소중한 시간이 된다.

– 도미니크 로로

씨앗을 뿌려야 열매를 얻을 수 있다.

이건 진리다.

이 진리는 모든 분야에서 적용된다.

사랑을 줘야 사랑을 얻을 수 있고

꿈을 품어야 야망을 이룰 수 있고

믿음을 줘야 신뢰를 회복할 수 있다.

창조도 마찬가지다.

생각의 씨앗을 뿌려야 창조의 열매를 수확할 수 있다. 아무런 생각도 하지 않았는데 어느 날 갑자기 기발한 생각이 떠오를 수는 없는 것이다. 생각의 저장창고에 생각이 가득 차고 넘쳐야 비로소 그중 하나가 번뜩하고 떠오른다. 그게 바로 '굿 아이디어'가 탄생하는 순간이다.

물론 생각이 가득 차고 넘친다고 해서 모든 생각이 다 굿 아이디어로 이어지는 것은 아니다. 아이디어를 도출하는 기술이 필요하다. 많은 기술 가운데 빼놓을 수 없는 기술 하나가 바로 '지우개 기술'이다.

우리의 머릿속은 하루에도 수천, 수만 가지의 생각들이 새롭게 생성된다. 그 수많은 생각들이 다 쓸모 있는 것은 아니다. 그 생각들 중에는 편견과 고정관념 그리고 기존의 것에 대한 답습 등 아이디어를 도출을 방해하는 요소도 분명 있다. 그러한 것들을 함께 가져갈 필요는 없다.

버리고 지워야 한다.

생각의 나열로만 그치지 말고 수많은 생각들을 잘 분류하고 정리해야 한다. 여기저기 흩어져 있는 생각들을 한 곳으로 모으고 그 한 곳으로 모은 것을 다시 쓸 만한 것만 추려야 한다. 생각의 부피를 줄이고 생각의 질을 높여야 한다. 생각을 정리하고 재단할 줄 아는 사람이 진정한 아이디어맨이다.

생각을 더하는 것은 쉽지만 생각을 빼는 것은 어렵다.
생각을 나열하는 것은 쉽지만 생각을 정리하는 것은 어렵다.

지우개로 과도한 생각을 지워라.
굿 아이디어일수록 농도가 짙고 심플하다.

그럴 리 없는데
이상하다

내 착각을 인정하기

견문이 적으니
이해하지 못하는 것이 많더라.
낙타를 보고 등허리가 부은 말이라 한다.

— 무자

군맹무상(群盲撫象)이라는 고사성어가 있다.

장님 여럿이 코끼리를 만진다는 뜻이다.

어느 날 여러 명의 장님들이 코끼리를 만질 기회가 생겼다.

장님들은 손을 뻗어 코끼리를 만졌다.

주위 사람이 장님들에게 코끼리가 어떻게 생겼는지 알겠느냐고 묻자, 장님들은 고개를 끄덕였다.

상아를 만진 장님이 입을 뗐다.

"코끼리는 커다란 무처럼 생겼지요."

귀를 만진 장님이 고개를 내저으며 말했다.

"무슨 소리! 코끼리는 아주 넓은 잎처럼 생겼답니다."

그러자 다리를 만진 장님이 쯧쯧 혀를 차며 말했다.

"자네들은 정말 모르는군. 코끼리는 커다란 절구통처럼 생겼어."

꼬리를 만진 장님은 이렇게 대답했다.

"자네들은 만져보고도 모르나? 다 틀렸네. 코끼리는 새끼줄처럼 생겼잖아."

대개 사람들은 어떤 것을 판단할 때 한두 가지의 체험 혹은 지식으로 그것을 실체적 진실이라고 강하게 믿는다. 즉 내 생각, 내 직감, 내 기억만이 다 옳다고 고집한다. 협소한 생각과 고정관념으로 인해 그릇된 판단을 한다.

물론 내가 아는 것, 내가 본 것, 내가 믿는 것이 옳을 수도 있다. 그러나 그게 100% 진실이라고 말할 수는 없는 것이다. 분명 내가 잘못 알았던 게 있을 수도 있고 내가 잘못 볼 수도 있고 내가 믿었던 게 거짓일 수도 있다.

내가 모르는 곳에 진리가 있을 수도 있다.
타인의 생각과 의견이 옳을 수도 있다.
착각은 타인이 아니라 내가 하고 있을 수도 있다.

진리에 보다 더 가까이 가고자 한다면,
보다 더 넓은 사람이 되고자 한다면 어떻게 해야 할까?
견문을 더 넓혀야 하고 타인의 생각과 의견을 폭넓게 수용할 수 있는 가슴을 가져야 한다. 코끼리를 볼 수 있는 눈뜬 사람이 되어야 한다.

아프지 않니
괜찮겠어

몰입하는 순간,
다른 것은
보이지 않는다

어떤 일에 열중하기 위해서는
그 일을 올바르게 믿고,
자기는 그것을 성취할
힘이 있다고 믿으며,
적극적으로 그것을 이루어 보겠다는
마음을 갖는 것이다.
그러면 낮이 가고 밤이 가고
밤이 오듯이
저절로 그 일에 열중하게 된다.

– D 카네기

한 청년이 어렵게 왕 앞에 섰다.

"그래, 어찌 왔느냐? 여기까지 오기가 싫지 않았을 텐데."

"왕이시여, 꼭 듣고 싶은 말씀이 있어 이렇게 찾아온 것입니다. 저에게 성공의 비법을 알려주십시오."

청년의 간청에 어이가 없긴 했지만 그 패기는 높이 살 만했다.

"좋다. 여기까지 왔다는 것만으로도 너는 대단하다. 그 답을 주마. 자, 우선 이걸 받아라."

왕은 잔에 포도주를 가득 붓더니 청년에게 건넸다.

"이 포도주 잔을 들고 시장을 한 바퀴 돌고 오너라. 그 후에 성공의 비법을 알려주마. 그 대신 명심할 게 있다. 포도주를 한 방울도 흘리지 말아야 한다. 만약 흘린다면 큰 벌을 내릴 것이다.

"당장 다녀오겠습니다."

한참 후, 청년은 땀을 뻘뻘 흘리며 다시 궁으로 돌아왔다.

"왕이시여, 한 방울도 흘리지 않았습니다. 이제 성공의 비법을 알려주십시오."

왕이 미소를 지으며 말했다.

"바로 그것이다."

"그것이라니요?"

"한 방울도 흘리지 않으려고 애쓴 너의 그 집중력 말이다."

몇몇 사람들은 몰입이 삶에 있어서 얼마나 중요한 역할을 하는지 잘 알고 있다. 그래서 그들은 일을 할 때만큼은 자신의 열의와 시간을 무서울 정도로 몰입시킨다. 당연히 성과가 좋다. 우리는 그들을 성공한 사람들이라 부른다.

어린 시절, 볼록렌즈와 태양빛을 이용해 검은 종이를 태워본 적이 있을 것이다. 볼록렌즈로 햇빛을 모아 검은 종이에 갖다 대면 검은 종이에서 연기가 피어오르고 순식간에 타버린다.

그런데 볼록렌즈가 아닌 오목렌즈를 사용했을 때는 어떤가?

쪼그려 앉아 아무리 검은 종이를 태워보려고 해도 종이에는 큰 변화가 없다. 태양빛이 한 곳에 모이지 않고 분산되기 때문이다.

오래 붙들고 있다고 해서 결과가 좋은 것은 아니다.
생각이 많다고 해서 성과가 풍성해지는 것은 아니다.
할 때만큼은 모든 방해 요소를 제거하고 그것만을 보라.
효율적으로 일해야 한다. 그래야 지치지 않는다.
일할 때는 일하고 놀 때는 미친 듯 노는 사람이 되자.

이게 바로
예술이지

디테일의 차이가
성패를 좌우한다

디테일을 중시하는 것은
어떤 환경에서도 성공을 가능하게 하는
가장 소중한 습관이다.
크고 화려한 것에 현혹되지 않고
바로 지금 자신이 하는 일부터 세심하게 처리하는 것,
그것이 바로 성공으로 가는
가장 확실한 길임을 알아야 한다.

- 왕중추

나이 지긋한 한 갑부가 여유 자금을 맡길 투자 회사를 찾고 있었다.

"그 회사까지 가려면 어떻게 합니까?"

전화를 받은 투자 회사 대표가 대답했다.

"지하철 역 출구에서 내려서 회사까지는 약 1km입니다. 걷는 사람에 따라 다르지만 대략 10분 거리입니다. 오시는 길에 신호등 하나가 있고 기다리는 시간까지 합하며 한 13분 정도 걸립니다. 오시는 길이 도로 공사 중입니다. 조심히 오십시오. 그리고 참 엘리베이터가 고장이 났습니다. 제가 회사 앞에서 기다리겠습니다. 올라오시기 힘드시면 제가 부축하겠습니다."

갑부는 그 회사에 가기도 전에 이미 마음을 먹었다. 그 투자 회사에 자신의 전 재산을 맡기기로. 세심한 부분까지 신경을 쓰는 걸로 봐서 분명 돈을 제대로 관리해줄 거라는 믿음이 생겼기 때문이다.

또 이런 이야기가 있다.

대만 포모 사 그룹의 회장 왕융칭의 이야기이다.

젊은 시절, 그는 자그마한 쌀가게를 운영했다. 규모는 작았지만 다른 쌀가게보다 월등히 매출이 높았다. 그는 쌀에 섞인 돌을 손수 다 골라내어 깨끗한 쌀을 팔았다. 그뿐만 아니라 배달 간 집의 가족사항과 식사량 등을 꼼꼼히 체크했다. 그리하여 쌀이 떨어질 때를 예상해 제때 쌀을 제공했다. 세세한 일까지 신경을 써주니 어느 소비자가 외면하겠는가. 쌀가게 사업을 발판으로 그는 성공가도를 달릴 수 있었다.

사람은 세심함에 매료당한다.

나조차도 잘 몰랐던 나의 불편함을 알아차려 친절하게 챙겨줬을 때나 정말 진짜 사람과 구별이 되지 않을 정도로 얼굴의 표정이며 심줄이며 주름까지 정교하게 작업한 인형을 봤을 때, 우리는 마음을 빼앗긴다.

디테일의 힘은 강하다.
사소한 것 같지만 그 작은 차이가 엄청난 결과의 차이를 가져온다.
사소한 것은 전혀 사소한 게 아니다.

책 속에
피묻혀
죽어도 좋다

리더만이 리더가 될 수 있다

책이 없다면
신도 침묵을 지키고
정의는 잠자며
자연과학은 정지되고
철학도 문학도 말이 없을 것이다.

− 토마스 바트린

누군가에게 밀린다는 것은 서글픈 일이다.

연륜이 신선함에 밀리고
노배우가 신인배우에게 밀리고
우체통이 이메일에 밀리고
한글이 외국어에 밀리고
인력거가 자동차에 밀리고
사람 손이 기계에 밀리고
한옥이 아파트에 밀리고
합죽선이 선풍기에 밀린다.

책도 역시 밀리고 있다.
사람들은 스마트폰, 컴퓨터, 게임기 등 디지털 제품에 정신이 팔려 있다. 예전에는 책이 벗이자 장난감이자 삶의 동반자였는데 이제는 그 역할을 다 내줬다.
하루에도 수십 종의 책이 쏟아지지만 책 구매자는 현격히 줄고 있다. 책은 외롭고 쓸쓸하고 아프다. 책 속에 길이 있다고 하지만 정작 책은 길을 잃고 말았다.

그런데 생각해보자.
정말로 책이 외롭고 쓸쓸하고 아픈 걸까?
그렇지 않다.

정말 아픈 것은 책이 아니라 우리의 미래다. 책을 읽지 않는 우리의 메마른 가슴이다.

영화 '스타워즈' 시리즈로 유명한 감독 조지 루카스는 자신의 작업실 안에 개인 도서관이 있다. 도서관은 총 높이가 약 12미터로 가운데가 계단으로 이어졌으며 1, 2층으로 구성돼 있다. 고전에서부터 신간까지 책으로 가득 차 있다. 스타워즈의 놀라운 상상과 재미있는 스토리와 세련된 영상이 다 그 도서관에서 나온 것이다.

마이크로소프트(MS)의 빌 게이츠 회장과 투자의 귀재 워렌 버핏 역시 독서광이다. 하버드 졸업장보다 더 소중한 것은 독서습관이라고 말하기도 했다.

하루에 한 줄이라도 읽자.
돈키호테도 만나고 스티브 잡스도 만나자.
인생길에서 더 이상 헤매지 말고
이제 책 속으로 들어가자.
차라리 책 속에서 길을 잃자.
책에 파묻혀 죽자.

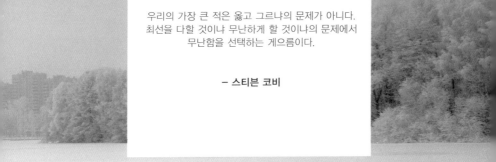

얼마나
먹고 싶었을까

간절함은
모든 걸 가능케 하리라

우리의 가장 큰 적은 옳고 그르냐의 문제가 아니다.
최선을 다할 것이냐 무난하게 할 것이냐의 문제에서
무난함을 선택하는 게으름이다.

– 스티븐 코비

스승은 제자를 볼 때마다 고민이 되었다.

요즘 들어 제자가 공부하는 것을 소홀히 하기 때문이다.

"저 녀석의 마음을 어떻게 돌리지?"

오후에 스승은 제자를 강가로 데려갔다.

강가에 도착하자, 스승은 갑자기 제자를 강물 속에 처넣었다.

제자는 허우적거리며 발버둥을 쳤다.

숨이 막힐 지경이 되자, 제자는 소리를 질러댔다.

"스승님, 살려주세요. 제발 좀 살려주세요."

스승은 강물 속으로 뛰어 들어가 제자를 구해냈다.

"스승님, 도대체 왜 그러셨습니까? 저를 죽일 생각이었습니까?"

스승은 진지한 표정으로 대답했다.

"어떠냐? 살고 싶더냐? 간절히 살고 싶더냐? 잊지 말아라. 공부에
도 간절함이 있어야 발전을 할 수 있다."

공부뿐이겠는가. 뭔가를 이루고자 한다면 간절함을 품어야 한다.

간절함은 두려운 것, 모르는 것, 불확실한 것으로 인해 중도에 포
기하려는 마음을 제거해준다. 또한 소극적이고 우유부단한 면도 없
애준다.

자동차 세일즈 왕으로 12년 동안 기네스북에 오른 조 지라드는 지
난날을 회상하며 이렇게 고백한 바 있다.

"내가 최고 세일즈맨이 될 수 있었던 원동력은 세일즈 능력이 뛰어

난 것도 한몫을 했겠지만 그보다도 배고픈 가족을 부양해야 한다는 간절한 마음이 강했기 때문이다. 눈앞에 있는 사람과 계약을 체결해야만 식료품을 사들고 집으로 들어갈 수 있다는 생각밖에 없었다. 간절함이 나를 만들었다."

간절함은 결핍에서부터 시작된다.
없는 것이기에 더 갖고 싶고
이루기 힘들기에 더 이루고 싶고
부족하기에 더 채우고 싶은 거다.
결핍한 상황에 대해 억울해하지 마라.
결핍은 승부욕과 실천력을 선물해줄 것이다.
그럼 이루어질 것이다.
꼭 그것이 아니더라도
그것과 비슷한 것까지는 이루어낼 것이다.

적어두길
참 잘했어

적자생존,
적는 자만이
살아남는다

'좋구나.'라고 느끼는 감성도 중요하지만
그것을 잊어버리지 않도록
메모하는 습관도 중요하다.

— 요네야마 기미히로

My book
Chapter One

캠핑 준비 때문에 친구들이 모였다.

어느 하나가 모든 준비물을 챙겨올 수 없기에 각자 나누기로 했다.

"내가 식사 도구 챙겨올게."

"내가 이번에는 음식 재료 다 사올게."

"난 텐트를 챙겨올게."

"그래, 혹시 모르니까 난 의약품 좀 가져올게."

음식 재료를 챙기기로 한 남자는 마트로 향했다. 마트에 오기 전에 미리 살 음식 재료들을 메모지에 꼼꼼히 적어왔다. 메모지에 적힌 대로 장바구니에 음식 재료를 하나도 빠짐없이 담았다.

만약 메모를 하지 않았다면 어떻게 되었을까?

캠핑장에 도착해서 각자 준비물을 꺼내놓았을 때 꼭 이런 사람이 있다.

"어, 그거 깜박하고 안 가져왔다."

마트에 가서도 마찬가지다.

오기 전에는 분명 살 것이 있다고 생각했는데 막상 마트에 오면 무얼 사러 왔는지 잊을 때가 있다.

사람의 기억력은 메모보다 오래가지 못한다.

시간이 지나면 망각하기 마련이다. 그러기 때문에 메모가 필요하다. 잉크가 마르지 않는 한, 종이가 낡아 찢어지지 않는 한 기록은 영원하다.

메모가 필요한 이유가 단지 기억하기 위한 것만은 아니다.

메모를 통해 생각을 다시 한 번 정리할 수 있다. 정리하는 과정에서 새로운 아이디어가 떠오를 수도 있다.

메모한다는 것은 가슴속 느낌이나 생각을 눈에 보이도록 가시화시키는 것이다. 목표한 게 있다면 메모하라. 목표가 보다 더 명확해지고 행동을 구체화할 수 있는 근거를 마련해준다.

쓰고 보고, 보고 꿈꾸자.
적자생존, 적는 자만이 살아남을 수 있다.
적자기적, 적는 자만이 기적을 끌어당길 수 있다.

크면 좋지만
적당히 커야지

멈춰야 할 때
멈춰야 한다

올바른 자는 자기의 욕망을 조정하지만
올바르지 않은 자는 욕망에 조정 당한다.

-탈무드

누구에게나 욕망이 있다.

지금보다 더 멋진 모습으로 변했으면 한다.
지금의 결핍을 채웠으면 한다.
돈을 더 많이 벌고 싶다. 집을 더 넓히고 싶다.
직급도 더 올라갔으면 한다.
권력을 잡고 싶다.
얼굴이 더 갸름했으면 한다.
고급 세단을 갖고 싶다.
가슴도 더 풍만해졌으면 한다.

욕망은 자극이다.
욕망은 동기부여다.
욕망은 행동유발제다.

　욕망이 앞장서면 발걸음은 자연스럽게 그 뒤를 따르게 되어 있다.
원하는 것을 좇기 마련이다. 열심히 좇다 보면 원하는 것을 다 이룰
수도 있고 설령 이루지 못한다 해도 처음보다는 훨씬 더 발전해 있을
것이다. 그게 욕망의 힘이고 의지다. 때문에 욕망이 나쁜 것만은 아
니다. 다만 지나치면 곤란하다. 멈춰야 할 때 멈춰야 한다.

　이런 이야기가 있다.

남편감을 파는 백화점이 문을 열었다.

여자 한 명이 1층으로 들어섰다. 1층에 좋은 직장을 가진 남자가 진열되어 있었다. 2층이 궁금했다. 2층으로 올라가니 좋은 직장에 아이까지 잘 돌볼 줄 아는 남자가 진열되어 있었다.

"3층은 더 좋은 조건의 남자가 있을 거야."

3층에 올라가니 예상이 적중했다. 좋은 직장에 아이를 잘 돌볼 뿐만 아니라 얼굴까지 잘생겼다.

"이렇다면 여기서 멈출 수 없지."

4층으로 올라갔다. 3층 남자가 가진 조건은 기본이고 집안일도 잘 도와주는 남자가 기다리고 있었다.

"옳거니! 5층으로 가면 대박일 거야."

여자는 마지막 5층으로 갔다. 그런데 5층에는 남자가 없었다. 다만 이런 문구가 적혀 있었다.

'욕망을 멈출 줄 모르는 당신, 당신에게 어울리는 남자는 없습니다. 평생 혼자 사십시오.'

모든 불행의 시작은 만족하지 못하는 데서 온다. 어느 정도 채워졌으면 만족할 줄 알아야 한다. 욕망을 조절하지 못하면 욕망에게 당한다. 삶에 욕망을 넣어야지 욕망 속에 내가 들어가서는 안 된다.

욕망하되 욕망하지 말아야 한다.

✳ ✳

한 번 빠지니까
나올 수가 없네

게으른 자의 머릿속에는 악마가 살기 좋다

게으름은 쇠붙이의 녹과 같다.
노동보다도 더 심신을 소모시킨다.

– 벤자민 프랭클린

전기세 고지서를 보니 납부 마감일이 10일이라고 적혀 있다.

오늘은 귀찮고 내일 은행에 가야지 생각한다.

그런데 막상 내일이 되면 또 똑같은 생각을 한다.

내일 은행에 가야지. 그러다 또 내일이 오면 또 하루를 미룬다.

그러나 결국 10일을 넘기고 만다.

괜히 이자만 더 내는 꼴이 된다.

그런데 문제는 이번 달만 그런 게 아니다.

지난달도 그랬고 지지난달도 그렇다.

제 날짜에 내야지 내야지 하지만 늘 내일로 미룬다.

누구나 한 번쯤은 게으름을 피우다 세금 납부 마감일을 넘긴 경험이 있을 것이다. 게으름은 누구나 갖고 있는 습성이다. 뛰는 것보다 걷는 게 편하고 서 있는 것보다 앉아 있는 게 편하다. 앉아 있는 것보다 누워 있는 게 편하다. 그리고 누워 있다 보면 일어나기가 싫은 게 인간의 습성이다.

어떤 이는 게으름을 여유로움이나 심신의 안정이라고 좋게 해석하기도 한다. 그러나 그건 열심히 일한 자들에게 주어지는 잠깐의 휴식 개념이지 만사 귀찮아하고 무기력에 빠진 게으름뱅이들을 옹호해주기 위한 게 아니다. 분명한 사실은 게으름은 만병의 근원이며 일생의 빚이라는 거다.

이런 이야기가 있다.

게으름뱅이 아들이 있었다. 아버지는 아들에게 땅을 주었지만 아들은 그 땅을 놀릴 뿐 개간할 생각을 하지 않았다.

"언제까지 저 땅을 놀릴 거니?"

"다음에 할게요."

"다음, 다음 그렇게 미루다가 언제 할 거야? 이 애비 죽은 다음에 할 거야?"

세월이 흘렀고 아버지는 쇠약해졌다. 급기야 죽음을 맞이하게 되었다. 아버지는 죽기 전에 유언을 남겼다.

"황금을 땅에 묻어놓았다. 그걸 파내서 잘살기 바란다."

아들은 황금을 캐기 위해 부리나케 달려가 땅을 파기 시작했다. 그러나 황금은 나오지 않았다.

"도대체 황금이 어디 있다는 거야!"

아들은 파 놓은 땅이 아까워 그곳에 곡식을 심었다.

추수기가 되자, 곡식이 익어 황금물결을 이뤘다.

그제야 아들은 깨달았다. 아버지가 자신에게 준 황금은 바로 성실이었다.

게으름이 길어지면 습관이 된다.

한 번 습관이 자리 잡으면 점점 이겨내기가 힘들다.

게으름을 이겨내기 위해서는 다른 게 없다. 움직여야 한다.

몸을 부지런히 놀려야 한다.

게으름이 삶을 먹어 치우기 전에
당신이 게으름을 먼저 먹어 없애야 한다.
자, 지금 당장 몸을 일으켜 세워라.
준비됐으면 자, 레디 액션!

그저 자신의 주어진 일만 열심히 한다고 해서 자신의 가치가 올라
가는 시대는 끝났다. 겸손을 앞세워 뒤로 물러날 생각은 접어야 한
다. 소극적인 자세로 고고한 척한들 알아주는 이 아무도 없다. 때로
는 자신의 능력과 비전을 보다 더 근사하게 보일 수 있는 툴이 필요
하다. 자기만의 이미지를 강하고 명확하게 창출하여 스스로를 브랜
드화시켜야 발전할 수 있다.

당신의 값어치는 지금 얼마인가?
당신의 진가가 제대로 전달되고 있는가?
당신을 한마디로 표현한다면 뭐라고 하겠는가?
이 질문에 답을 해야만 한다.
어차피 이 시대를 살아가고자 한다면.

부르릉
달려라 오토바이야

꿈은 일상을 즐겁게 만든다

그대의 꿈이 한 번도 실현되지 않았다고 해서
가엾게 생각해서는 안 된다.
정말 가엾은 것은
한 번도 꿈을 꿔보지 않았던 사람들이다.

－ 에센바흐

우리가 사는 이 현실은 왜 늘 이 모양 이 꼴일까?

살기 좋다, 사는 게 즐겁다고 말하는 사람을 주위에서 본 적이 없다. 다들 힘들다고 난리다. 먹고 살 만큼 부유한 사람도, 하루하루 먹고 사는 사람도 다 매한가지다. 눈만 뜨면 걱정이고 짜증이고 한숨이다. 어깨는 묵직한 바위를 짊어진 것처럼 축 내려 앉았고 발걸음은 터벅터벅 무겁다.

원래 산다는 게 힘든 고행길이라는 것은 이미 알고 있었지만 이렇게 힘들기만 하면 하루하루를 어떻게 버티며 살아갈까 심히 걱정된다.

그러나 천만다행으로 현실의 짐을 잠시 내려놓을 수 있는 처방전이 있다. 그건 바로 '꿈'이다.

꿈은 환각제와 같다.

기분이 좋아지고 잠시나마 현실을 잊게 한다.

꿈은 사랑과 같다.

마음을 설레게 하고 생의 활력을 준다.

꿈은 개그맨과 같다.

상상만으로도 행복하고 즐겁고 미소가 나온다.

'해리포터 시리즈'로 최고의 갑부가 된 작가 조앤 롤링에게도 힘든 시절이 있었다.

롤링은 이혼 후, 생후 4개월 된 딸과 함께 방 한 칸을 얻어 살았다.

일자리가 없어 1년여 동안 생활 보조금으로 가까스로 연명했다. 어떻게 살아야 할지 암담했고 비참했다. 이 지옥 같은 현실을 차라리 버릴까 생각도 했다. 그래도 힘든 나날을 견딜 수 있게 한 것은 바로 꿈이었다. 작가가 되겠다는 맹랑한 꿈. 눈을 감고 꿈을 그리는 그 순간만큼은 그 누구 못지않게 행복했다.

현실과 꿈을 오가며 점점 그녀는 꿈을 닮아갔고 마침내 세계적인 베스트셀러 작가가 될 수 있었다.

만약 그녀에게서 꿈꿀 권리를 빼앗았다면 어땠을까?

현실의 무게에 짓눌려 이미 세상을 떠났을지도 모른다. 꿈이 그녀를 지켜냈고 꿈이 그녀를 버티게 했고 꿈이 그녀를 바뀌게 만들었다.

눈을 감고 꿈을 꾸자.
잠시 현실의 짐을 내려놓고
어렸을 적 품었던 꿈에 대해 생각해보자.
설령 그 꿈이 이미 물거품 되었을지라도
다시 한 번 꿈을 꾸자.
이 순간만큼이라도, 잠시만이라도.

어쩌지
자꾸 들어가네

건강한 육체에서
건강한 삶이 나온다

건강이 있는 곳에 자유가 있다.
건강은 모든 자유 중에서 제일가는 것이다.

— 아미엘

어린이가 어른이 되는 순간, 확연하게 달라지는 점이 있다.

외모나 생각 등이 달라지는 것은 당연하고 여기서 말하고 싶은 것은 운동량이다.

어린이들을 보자.

걸어다니는 어린이보다 뛰어다니는 어린이가 더 많다. 앞 어린이가 도망가면 뒤 어린이가 잡으려고 뛴다. 쉬는 시간이나 점심시간이 되면 운동장은 뛰어다니는 아이로 꽉 찬다. 조용히 걸어다니라는 복도에서도 뛰기 일쑤고 아래층 층간 소음 때문에 뒤꿈치를 들고 걸으라고 해도 소용없다. 쿵쿵쿵 뛰어다닌다.

어른을 보자.

최근에 언제 뛰었나 생각해보자? 정말로 급박한 상황이 아니라면 절대로 뛰지 않는다. 종일 컴퓨터 앞에 앉아 있거나 집에 오면 소파에 누워 TV를 본다. 뛰기는커녕 걷는 것조차도 귀찮아한다.

TV와 건강에 관한 이런 연구결과가 있다.

TV 시청자들 중 성인 4,500명을 대상으로 4년 이상 추적 분석했다. TV를 2시간 미만으로 보는 사람보다 4시간 이상 본 사람들이 심혈관 질환이 발병할 확률이 무려 130%나 높게 나왔다.

움직이지 않으면 그 자리가 무덤이 된다는 얘기다.
움직여야 한다. 그래야 행복해진다.
먹는 걸 줄여야 한다. 그래야 건강해진다.
건강한 사람치고 불행한 사람 없다.
건강한 사람치고 우울한 사람 없다.
건강한 사람치고 일이 잘 풀리지 않는 사람 없다.

지금 당장 휘트니스 센터에 등록하라는 얘기가 아니다. 갑자기 무리한 운동보다는 집 주위를 산책하는 정도로 가볍게 시작하자. 혼자 하기 심심하다면 가족이나 친구와 함께 하자. 몸이 바뀌면 인생이 바뀐다.

5장

사람이
꽃보다 아름다워

아무리 예쁜 꽃이라도 사람만 하겠는가.

아무리 빛나는 별이라도 사람만 하겠는가.

아무리 귀한 금이라도 사람만 하겠는가.

사람이 우선이고

사람이 전부이고

사람이 답이다.

당신은 참 아름답다.

침묵은
금이 아닐 수도

저를 외면하지 마세요

주변 사람들에게 저지르는 가장 큰 죄는
그들에 대한 미움이 아니다.
무관심이야말로 가장 큰 죄다.
무관심은 비인간성을 대표하는
반인간적인 감정이다.

– 버나드 쇼

지하철 안에서 남녀가 싸움이 벌어졌다.

그 자리에 당신이 있다면 어떻게 하겠는가?

대부분 이럴 것이다.

싸움을 말릴 생각은 하지 않고 휴대폰으로 동영상을 찍거나 아니면 외면하기.

교실 안에서 두 학생이 치고 박고 난리가 났다.

그 자리에 당신이 있다면 어떻게 하겠는가?

자리 잡고 앉아서 싸움을 부추기거나 구경을 하기.

자기 일이 아닌 것에 대해서는 대부분 외면을 한다.

괜히 나섰다가 험한 꼴을 당할 수도 있고 그리고 굳이 내가 아니더라도 남이 나설 거라 생각한다.

그런데 만약 그곳에 모인 사람들이 모두 같은 생각을 하고 있다면 어떻게 되겠는가. 아마도 그 싸움은 끝나지 않을 것이고 점점 위험한 상황으로 치닫게 된다.

'굳이 내가 나서지 않아도……'

이 생각이 바로 우리들을 이기적이며 개인주의적 삶으로 만든다.

'방관자 이론'이란 것이 있다.

이 이론은 제노비스 사건으로부터 시작되었다.

1964년 3월 새벽녘, 캐서린 제노비스가 집 근처에서 괴한을 만났다. 괴한은 그녀에게 흉기를 휘둘렀다. 심한 상처를 입고 쓰러진 그녀는 '살려 주세요.'라고 크게 외쳤다.

인근 아파트에서 잇달아 불이 켜졌다. 그런데 사람들은 그저 내려다 볼 뿐 도우려하지 않았다.

'굳이 내가 나서지 않아도 누군가가……'

그 방관적인 생각이 일을 더 크게 만들었다. 괴한은 도망가는 듯했으나 다시 돌아왔다. 그리고 성폭행을 저지르고 흉기를 휘둘렀다. 끝내 그녀는 죽고 말았다.

범행 시간 30여 분 동안 38명의 사람들이 이를 지켜봤지만 그 누구도 신고를 하지 않은 것이다.

불의 앞에서 나 몰라라 하는 것, 침묵으로 일관하는 것.

이건 가해자의 행동에 동조하는 것이다. 물론 그 상황에서 직접 뛰어드는 것은 대단한 용기가 필요하다. 그런 용기가 나지 않는다면 적어도 신고만이라도 해야 한다.

'내가 아니더라도'가 아니라 '내가 아니면'이란 생각으로 용기를 내야 한다. 그 작은 용기가 사람을 구할 뿐만 아니라 이 세상을 지금보다 조금 더 아름답게 만든다.

내 목소리가 들리지 않아

두 배로 듣고 마음으로 이해하는 소통

상대방의 말을 충실하게 들어주는 것이
신뢰감을 두텁게 한다.

– 컬린 터너

어린 공주는 밤하늘의 달님을 보고 마음을 빼앗겼다.

"아바마마, 저 달을 좀 따 주세요."

"지금 뭐라고 했니?"

"예쁜 저 달 좀 따 주세요. 갖고 싶어요."

임금은 당황스러웠다.

"저건 가질 수 없단다."

"아바마마는 뭐든지 다 할 수 있잖아요. 임금인데 저 달도 못 따요?"

"다른 소원 없니? 달 따는 거 말고 다른 소원은 다 들어주겠다."

"다른 것은 다 필요 없어요. 빨리 달 주세요. 빨리요."

공주는 고집을 피우더니 급기야 울음을 터트렸다.

하나밖에 없는 딸의 소원을 들어줄 수 있는 방법은 뭘까?

임금은 깊은 고민에 빠졌다. 혼자서는 도저히 해결할 수 없어 신하들에게 도움을 청했다.

"달을 딸 수 있는 방법을 찾아오너라."

"폐하, 달은 너무나 멀리 있습니다. 달까지 닿은 사다리를 만들려면 평생이 걸려도 못 만들 겁니다."

"달은 엄청나게 큽니다. 설령 그곳에 간다 해도 가져올 수 있을지 의문입니다. 차라리 공주님을 단념시키는 게 좋을 듯합니다."

공주의 울음소리는 더더욱 커져만 갔고 임금의 주름살은 더더욱 깊어만 갔다.

그러던 어느 날, 현인이 임금을 찾아왔다.

"폐하, 공주를 만나게 해주십시오. 그럼 해결책을 찾을 수 있을 겁니다."

"좋소. 반드시 문제를 해결해주시오."

현인은 공주에게 물었다.

"공주님, 저는 무식해서 달이 어떻게 생겼고 크기가 얼마나 크고 색깔은 무슨 색인지 모릅니다. 저에게 알려주시면 달을 가져오겠습니다."

공주는 빙그레 웃으며 말했다.

"달은 동그랗게 생겼고 엄지손가락만 해요. 옅은 노란색이고요."

며칠 뒤, 현인은 금으로 만든 달을 공주에게 보여줬다. 보름달은 물론이고 초승달도 함께 만들어줬다.

공주는 무척 기뻐했다.

"와, 진짜 달이다. 신난다. 정말로 고마워요."

이 동화를 읽을 때마다 소통에 대해서 생각해보곤 한다.

소통을 하기 위한 수단으로 말과 몸짓 그리고 글 등이 있다. 그런 훌륭한 소통 수단이 있음에도 우리들은 서로에게 늘 답답함을 느낀다.

왜 그럴까?

자신의 입장만 주장하기 급급해서다.

귀는 닫은 채 입만 열기 때문이다.

마음을 읽으려 하지 않고 마음을 빼앗으려만 해서다.

호응해주지 않고 호응만 바라기 때문이다.

원활한 소통을 원하는가?

마음을 나눌 친구가 필요한가?

방법은 하나다. 그의 마음에 귀를 기울여라.

혼자 할 수
있다면 해 봐

다 같이 살려면
함께 해야 해

신이 사람을 수많은 사람으로 나눈 것은
서로 도움을 주고받게 하기 위해서다.

– 세네카

자신이 이룬 성과에 대해 대부분 이렇게 생각한다.

'내가 잘났기 때문에 가능한 일이었지.'

물론 맞다. 능력이 뛰어나고 운이 따라줬기 때문에 성과를 낼 수 있다. 그런데 정말로 자기만의 노력으로 이룬 성과일까?

어느 날, 스승이 제자에게 숙제를 내줬다.

"이 세상에서 온전히 네 혼자만의 힘으로 할 수 있는 일이 뭔지 알아오너라."

"혼자 할 수 있는 일은 수백, 아니 수천 가지는 넘을 겁니다."

제자는 큰소리치며 밖으로 나갔다.

그런데 막상 혼자만의 힘으로 할 수 있는 일이 없었다.

꽃에 물을 주려고 해도 남이 만든 바가지가 필요했고 요리를 하려고 해도 남이 재배한 야채가 필요했고 공부를 하려고 해도 남이 만든 책이 필요했고 잠을 자려고 해도 부모님이 마련해준 따뜻한 방이 필요했다. 하나에서 열까지 다 남의 손길이 닿지 않는 게 없었다.

"그래, 혼자만의 힘으로 할 수 있는 일을 찾았느냐?"

"아닙니다. 찾지 못했습니다. 이 세상은 혼자서는 살 수 없는 세상인 듯합니다."

"그렇단다. 서로 부족한 걸 채워주고 넘치면 서로 나누며 사는 게 인생이란다."

혼자만의 힘으로 살 수 없는 게 세상이다.

내가 좋아하는 사람하고만 산다면 좋겠지만 그럴 수 없다는 걸 잘 알 것이다. 싫고 미운 사람도 결국 다 안고 가야 한다. 그 사람을 배척하고 비난하고 따돌릴 수만은 없다.

아프리카 정글을 상상해보자.

그곳에 새가 없다고 해보자. 새의 노랫소리가 없는 정글, 얼마나 적막하겠는가.

그곳에 뱀에 없다고 해보자. 천적이 사라진 그곳에 쥐떼들로 가득 찰 것이다. 쥐떼들로 인해 해충을 잡아먹던 벌레들이 모두 사라져 숲은 병들어갈 것이다.

하나라도 없으면 전체가 무너지고 만다.
애초부터 인간은 그렇게 만들어졌다.

네 마음을
읽을 수 있니

편지만큼 진실한 선물은 없다

사랑하는 것이 인생이다.
기쁨이 있는 곳에
사람과 사람 사이의 결합이 이루어지며
사람과 사람 사이의 결합이 이루어진 곳에
기쁨이 있다

- 괴테

요즘 캘리그라피(손으로 쓴 글씨체)가 인기다.

TV 프로그램 타이틀로고나 영화 포스터의 제목뿐만 아니라 간판이나 명함까지도 다양한 분야에서 활용되고 있다.

캘리그라피가 사랑받는 이유는 쓰는 사람에 따라, 쓰는 도구에 따라 갖가지 매력을 발산하기 때문이다. 특히 그 글씨 한 자 한 자에 사람냄새가 풀풀 풍기는 아날로그적인 감성이 잔뜩 담겨져 있다.

편지도 마찬가지다.

이메일이나 전화통화로 마음을 전할 수도 있지만 손으로 쓴 편지만큼은 못하다. 편지에서 훨씬 더 사랑과 마음을 느낄 수 있다.

쪼그리고 앉아 연필 꾹꾹 눌러 쓰고 지우고 쓰고 지우기를 수도 없이 반복, 행여 내 마음이 제대로 전달되지 않을까 읽어보고 또 읽어보고.

오랜 시간 동안 마음을 담으니 어찌 사랑스럽지 않겠는가.

편지를 쓰는 동안은 온전히 그 사람만 생각하게 된다.

어찌 그리움이 묻어나지 않겠는가.

예전에 편지에 대한 글을 시 비슷한 글로 쓴 적이 있다.
잠깐 소개하련다.

그대에게 편지를 씁니다
어떻게 하면
어떻게 하면
그대 마음 얻을까 고민하다가
연습장 한 권을 다 써버렸습니다

이렇게 침이 마르도록
고된 작업은 처음입니다
내 크나큰 사랑을 표현하기에는
글이란 것이 턱없이 못 미치는 것 같습니다

지금 부엌에서
보리차가 끓고 있습니다
보리차가 주전자 뚜껑을 들었다 났다 합니다
문틈으로 들어 온 보리차 냄새가
편지지 위에서 만년필을 흔들어댑니다

'사랑합니다.'란 글자
결국 이 한 글자 쓰려고

보리차는 뜨거움을 참았나 봅니다

사랑과 그리움이 담긴 편지를 받는 이의 마음은 얼마나 행복할까? 편지 쓴 사람의 마음을 고스란히 느낄 수 있으니 그 어떤 선물보다도 값질 것이다.

그렇다면 편지를 통해 자신의 마음을 가장 길게 전한 이는 누구일까?

세상에서 가장 긴 편지는 1875년 프랑스 파리의 화가 마르셀 레쿠르트가 쓴 것이다. 그는 애인 마드랜드에게 보낸 편지에 '나는 당신을 사랑합니다(je vous aime)'라는 문장을 무려 187만 5,000번이나 적었다. 그 편지를 쓰기 위해 대서인까지 고용했다고 한다.

누군가가 그에게 물었다.

"왜 이렇게 긴 편지를 쓰는 겁니까?"

그는 지그시 눈을 감으며 말했다.

"내 애인은 청각 장애인입니다. 아무리 사랑한다고 말해도 듣질 못하죠. 그래서 이렇게 쓴 겁니다. 사랑하는 만큼요."

한없이 투명에 가까운 하늘을 보며 편지 한 장을 쓰는 것은 어떨까?

어릴 적 친구에게, 고향에 계시는 부모님께, 고마운 은사님께, 마음의 빚을 진 지인에게 마음의 글을 보내자.

맞춤법이 틀리면 좀 어떤가.
삐뚤삐뚤 뱀이 지나가면 어떤가.
내용이 좀 빈약하면 어떤가.
가장 훌륭한 편지는
솔직한 마음과 사랑이 담긴 편지다.
이 밤이 지나가기 전에 편지를 쓰자.

괜찮아
너도 별이 될 수 있어

누구나 다 잘하는 게 있다

만약 나는 그림에 재능이 없는 걸이라는
음성이 들려오면 반드시 그림을 그려 보아야 한다.
그 소리는 당신이 그림을 그릴 때 잠잠해진다.

- 빈센트 반 고흐

앨버트 아인슈타인,

헤밍웨이,

톰 크루즈,

리처드 브랜슨,

레오나르도 다빈치,

토머스 에디슨,

윈스턴 처칠,

파블로 피카소.

이들에게는 공통점이 있다. 다들 성공한 인물이라는 사실은 너무 뻔하고 그것 외에 다른 공통점이 하나 있다.

이들은 남들이 겪지 않은 고통을 겪었다. 그 고통으로 인해 무시와 놀림을 당하기도 했다. 그로 인해 우울한 시절을 겪어야만 했다.

이들의 공통점은 바로 난독증(難讀症;dyslexia)을 앓았다는 것이다.

난독증이란 무엇일까?

듣고 말하는 데는 별 다른 지장을 느끼지 못하지만 유독 글자를 정확하고 유창하게 읽지 못하거나 인지하지 못하는 증세를 말한다. 글자가 꿀렁치듯 보이고 글자가 거꾸로 보이기도 한다.

"넌 열 살인데 글도 못 읽니? 바보 아니냐?"

난독증은 지능지수와 상관없다. 그런데 난독증에 걸린 사람은 바보 취급을 당한다. 난독증에 걸리면 학습능력이 저하되고 생활을 하는 데 불편한 것은 사실이다. 그렇다고 그게 인생의 끝을 의미하는 것은 절대 아니다. 받아들이기 나름이고 극복하기 나름이다.

하나를 못 한다고 해서
다른 것도 못 할 거라고 지레 겁먹지 말자.
다른 사람들과 다르다고 해서
내가 틀린 거라고 지레 단정하지 말자.
못 하는 이유와 다른 이유는
어쩌면 무언가를 찾으라는 계시일지도 모른다.
나만의 특기, 나만의 재능을 발견하라는.

오른쪽 문이 닫히면 왼쪽 문이 열린다.
인생은 불평등한 듯하나 평등하다.

내게만 없는 듯하나 내게만 있는 게 분명 있다.

앞에서 열거했던 인물들을 다시 보자.

그들은 난독증이라는 장애물에 걸려 넘어지지 않았다. 그것을 뛰어넘었다. 오히려 다른 것에 더 집중했고 마침내 자기에게 딱 맞는 옷을 찾아 입었다. 자기만의 특기와 재능을 찾아낸 것이다.

혹여 당신은 지금 닫힌 문 앞에서 울고 있는 것은 아닌가?

장애물 앞에서 주저앉고 있는 것은 아닌가?

잠깐만 울고 당분간만 주저앉고 얼른 일어나 새로운 문을 열고 새로운 나에 눈을 떠라. 괜찮다. 뭐 어떤가? 다 같으면 얼마나 재미가 없겠는가? 다 비슷하면 그건 공장에서 찍어내는 물품이다.

다르기에 특별한 거고, 극복해내기에 위대한 거다.

당신도 별이 될 수 있다.

당신이 있어
얼마나 든든한지

내 인생의 조력자는 누구일까

멘토란 우리를 안내하고 보호하며
우리가 아직 경험하지 못한 것을 체화한 사람이다.
우리의 상상력을 고취시키고 욕망을 자극하고
우리가 원하는 사람이 되도록 기운을 북돋워준다.

– 플로렌스 포크

어두운 산길을 몇 시간째 헤매고 다닌다.

아무리 어둠을 헤치며 걸어도 산 밖으로 나오는 길을 도무지 찾을 수 없다. 이제 달빛마저도 점점 빛을 잃어가고 가슴속까지 얼 것 같은 매서운 찬바람은 더 기세등등하다.

'이러다 죽는 것은 아닐까?'

어느새 두려움의 포로가 되고 만다.

"살려주세요. 살려주세요."

아무리 소리를 질러도 사람의 대답이 없다.

음산하고 소름 끼치는 부엉이의 울음소리뿐.

그 자리에 주저앉았다. 이제 모든 것이 끝났다고 생각했다.

그런데 그때 저 멀리서 불빛 하나가 희미하게 보였다.

불빛이 흔들리며 점점 다가왔다. 아, 사람이다. 살았구나.

천만다행이다. 그 불빛이 살렸다. 그 사람이 그를 살렸다.

인생은 어쩌면 깊은 산속을 헤매는 여정인지 모른다.

알 것 같기도 하고 쉬울 것 같기도 하고 뻥 뚫려 있는 것 같기도 하지만 막상 살아 보면 모르는 것투성이이고 답답하고 꽉 막혀 있다.

이때 인생 앞에서 어떤 자세를 취해야 하고 어떤 길을 선택해야 할지에 대해 약간의 힌트를 주는 사람이 있다면 얼마나 좋을까?

어둠 속에서 벌벌 떨며 울고 있을 때 손수건을 건네며 위로해주며 용기를 북돋아 주는 사람이 있다면 얼마나 좋을까?

인간은 불완전하고 외로운 존재다.

선택과 위기 앞에서 흔들리고 당황하기 마련이다.

허전할 때도 있다.

그때 내 인생을 밝혀줄 태양 같은 사람을 만나기 바란다.

꼭 성공한 자나 유명인이어야 한다는 법은 없다.

지위가 높고 학식이 많아야 하는 것도 아니다.

겸손한 자세로 임한다면 세 살 어린이에게도 배울 점이 있다.

주의할 점은 멘토에게 모든 것을 의지하면 안 된다.

스스로 모든 문제를 해결하고자 노력한 뒤

최종적으로 멘토를 찾아야 한다.

조언을 구할 수는 있지만 결론은 내가 내야 한다.

위로를 받을 수는 있지만 내 눈물은 내가 닦아내야 한다.

그 누구도 대신 살아줄 수 없는
내 인생이니까.

너 없이
나는 안 돼

오래 함께 하려면
노력이 필요하다

인생에서 인간이 가질 수 있는 모든 것은
가족과 친구라는 것을 알게 되었다.
이들을 잃게 되면 당신에게는 아무것도 남지 않는다.
따라서 친구를 세상 그 어떤 것보다
더 소중하게 여겨야 한다.

— 트레이 파커

유독 나와 잘 맞는 친구가 있다.

내가 '어.' 하면 '아.' 하고, 내가 울적한 표정을 지으면 금세 알아차려 매운 음식 먹으러 가자고 한다. 생각이나 이상, 꿈도 엇비슷하고, 좋아하는 영화 장르도 같고, 일을 함께 진행할 때도 마찰이 없다.

무엇보다도 말이 잘 통한다. 이런 관계를 흔히 '환상의 콤비'라고 한다.

탁구의 레전드 현정화, 양영자
코미디계의 콤비 남철, 남성남
연예계 철떡 호흡 유재석, 박명수
트로트의 국민가수 송대관, 태진아
영화계의 투갑스 안성기, 박중훈

둘은 같이 한다. 혼자보다는 둘이 있을 때 더 빛난다. 함께 할 수 있는 것은 마음과 마음 사이에 공감의 강물이 흐른다는 증거다. 다른 사람들도 역시 그 둘을 인정하고 둘이 함께 있는 모습을 자연스럽게 받아들인다.

그러나 사람의 관계라는 게 늘 한결 같을 수는 없다. 때로는 세월 앞에, 이해관계 앞에, 가치관 앞에 어긋나기도 한다. 어쩌면 그건 당연한 일이지도 모른다. 이 세상에 변하지 않는 게 어디 있으랴.

그때 함께 맡았던 바람의 향기가 지금과는 사뭇 다르고 그때 함께 보았던 지향점도 지금은 조금 다르듯 그 마음이 변할 수도 있다. 남들 보기에는 환상의 콤비이지만 정작 두 사람은 이미 그 관계가 깨진 경우도 있다.

그 아름다운 콤비의 관계를 유지하기 위해서는 세상의 질투를 막아내야 한다. 즉 둘만의 관계 유지를 위해 서로 부단히, 꾸준히 애써야 한다. 관계는 마법이 아니라 노력과 관심으로 만들어지는 거다.

2인 3각 달리기를 한다고 하자.

예전에는 죽이 척척 맞았는데 시간이 지나면 그때의 호흡이 맞지 않을 수 있다. 상대편 다리가 아플 수도 있고, 숨이 찰 수도 있고, 발목을 묶은 끈이 헐거워 그럴 수도 있다. 둘이서 함께 결승선에 도달하려면 상대를 배려해야 한다. 상대의 발걸음에 내 발걸음을 맞춰야 한다. 그래야 그때나 지금이나 먼 훗날에도 찰떡 호흡을 맞출 수 있다.

상대의 변화를 이해하고 내 변화도 이해를 구해야 한다. 그래야 환상의 콤비로 영원히 남을 수 있다. 남들이 떼어놓으려고 해도 절대 떨어지지 않는 그런 하나가 될 수 있다.

사랑고백도
타이밍이 중요해

위기 뒤에는 로맨스가 시작된다

여성을 진심으로 사랑하고,
그 여성이 얼마나 아름다운 존재인지 일깨워주고
소중하게 대해주기만 하면
모든 여성으로부터 사랑받을 수 있다.

– 카사노바

'여명의 눈동자'는 꽤 오래된 TV 드라마이지만 명장면이 많아 아직까지도 TV에 종종 소개가 된다.

명장면 중에서도 단언컨대 최고의 장면은 일명 '철조망 키스' 장면이다.

최대치(최재성 분)가 관동군으로 동원돼 어디론가 떠나야 하는 상황에 정신대로 끌려 온 여옥(채시라 분)과 이별을 하게 되었다. 마지막이 될지도 모르는 이 상황에서 이 둘은 서로의 마음을 확인하고자 한다. 그러나 둘 사이에는 철조망이 가로막고 있었다.

절실한 사랑 앞에서 그 무엇이 장애가 될까. 최대치는 철조망을 올라서 여옥과 이별의 키스를 나눈다.

만약 이 두 사람이 커피를 마시면서 키스를 나눴다면 그 장면을 기억하는 사람이 과연 몇이나 될까? 여전히 많은 사람들이 철조망 키스를 기억하는 것은 두 남녀 사이에 절실하고도 절박한 마음이 자리 잡고 있었기 때문이다.

이 명장면을 장황하게 설명한 이유는 사랑을 꿈꾸는 이들에게 조금이나마 도움을 주기 위함이다. 여기서 알아야 할 것이 위기의 상황에서 감정은 더 흔들리고 절실해진다는 거다. 즉 위기가 곧 사랑을 얻을 수 있는 타이밍이라는 얘기다.

위기에 사랑하라는 말의 근거는 심리학자들의 실험 결과가 증명해준다.
한 여자가 자신을 심리학과 학생이라고 소개한 후, 남자들에게 전화번호를 줬다. 그런데 남자들은 각기 다른 장소에 있었다.

첫 번째 장소는 계곡을 가로지르는 위험천만한 다리.
두 번째 장소는 시내의 길거리.

과연 어느 장소에 있던 남자들로부터 더 많은 전화연락이 왔을까?
위험한 다리에 있던 남자들로부터 훨씬 더 많은 전화가 왔다. 똑같은 여자이지만 자신이 위기상황이었을 때 마음이 더 많이 움직인다는 사실을 알 수 있다. 즉, 위기상황에 경계의 담장이 조금 더 쉽게 무너진다.

번지점프를 하기 직전에 고백하기.
힘든 일을 겪고 있을 때 손을 내밀어주기.
이별로 인해 공허함을 느낄 때 그 빈자리를 채워주기.

어려운 문제를 대신 해결해주기.

    이러한 상황에 마음을 전한다면 사랑의 승률을 높일 수 있다. 그렇다고 이 심리를 지나치게 신봉해서는 안 된다. 통하지 않을 때도 있다. 아무리 작전이 탁월하고 상대의 문이 열려 있다고 해도 진심이 담긴 마음이 아니라면 그건 통하지도 않을 뿐더러 설령 통했다고 해도 관계가 그리 오래가지 못한다. 사랑은 얻는 게 중요한 게 아니라 유지하게 더 중요하다. 부디 아름다운 로맨스로 더 빛나는 삶을 영위하기 바란다.

가장
어려운 사랑
용서

용서는 나를 위한
마음의 처방전이다

우리가 다른 사람의 죄를
용서하지 않는 것은
우리 자신도 용서받지 못했다는 사실을 입증한다.

– 존 오웬

아버지와 갈등을 겪은 아들이 가출을 했다.

가출한 아들에 대해 아버지는 분노했다.

"이 녀석, 내가 절대로 용서 안 해!"

아버지는 두 번 다시는 아들을 보지 않기로 독하게 마음먹었다.

그런데 어찌 천륜을 끊을 수 있겠는가. 하루하루가 지날수록 아버지의 마음은 흔들렸고 어느새 아들에 대한 걱정으로 마음이 가득 찼다.

"도대체 어디서 무얼 하는 거야. 밥은 제대로 먹는지 모르겠네."

아버지는 아들의 잘못을 용서하기로 하고 아들을 찾아 나섰다.

일단 신문에 광고를 냈다.

"파코, 이 아비가 널 용서할 테니 이 광고를 본다면 일요일 7시까지 역 앞으로 나오너라."

아버지는 일요일 7시 역 앞으로 나갔다.

그런데 역 앞의 상황을 보고 깜짝 놀랐다. 파코라는 이름을 가진 젊은 남자들이 무려 수백 명이 나와 있었던 것이다.

좀 황당하지만 씁쓸한 장면이 아닐 수 없다. 용서를 베푸는 사람도, 용서를 구할 사람도 이리 많다는 얘기다.

당신은 그 누군가를 용서해준 적이 있는가?

용서를 해줬다면 실로 엄청난 일을 한 것이다. 사실 용서하기란 어렵다. 나에게 손해를 끼쳤거나 분노를 들끓게 한 사람을 용서한다는 것은 쉬운 일이 아니다. 용서했다고 말은 건넬 수 있겠지만 사실 마음 한구석에는 여전히 증오와 복수심이 남아 있다. 용서가 얼마나 어려우면 법정 스님마저도 용서를 가장 큰 수행이라고 말을 했겠는가.

그럼에도 우리는 용서할 일이 있으면 용서를 해줘야 한다. 타인에 대해 다시 한 번 기회를 주는 측면도 있지만 그보다도 나 자신을 위한 일이기 때문이다.

한 대학에서 용서에 관해 실험을 했는데 용서를 거부한 사람들은 용서를 한 사람에 비해 분노와 두려움의 수치가 더 높게 나왔다. 스트레스 역시 높게 나왔다.

즉 용서를 하지 않으면 정신적으로나 신체적으로 건강에 악영향을 끼친다.

넬슨 만델라는 용서에 대해 이렇게 충고했다.

"친구를 가까이 두어라. 그러나 너의 적은 더 가까이 두어라."

용서를 한다는 게 어려운 일이지만 그래도 용서의 마음을 품고 건네자. 용서, 그건 사랑 중에서도 가장 위대한 사랑이며 힘든 사랑이다.

용서하는 순간, 내가 행복해진다. 상처는 아물지 않겠지만 조금이나마 내 마음을 짓누르며 괴롭혔던 마음들을 내려놓을 수 있다.

오늘
누구를 위해 살았는가

가끔은 남을 위해서 사는 연습

늘 기분 좋은 인생을 살아가는 방법은
다른 사람을 돕거나
누군가의 힘이 되어주는 것이다.

- 니체

인터넷 웹 서핑을 하던 중 발견한 이야기인데 각색을 한 것이다.

어느 병실에 두 명의 환자가 있었다.

한 사람은 창문 쪽에 누웠고 다른 한 사람은 벽 쪽에 누웠다.

창문 쪽 환자가 잔뜩 들뜬 기분으로 말했다.

"밖에 참으로 예쁜 꽃이 피었네요. 눈을 감고 향기를 맡아 봐요. 꽃 향기가 느껴지지 않아요?"

그러자 벽 쪽 환자는 퉁명스럽게 대답했다.

"향기는 무슨! 당신은 창문 쪽이니까 밖도 볼 수 있고 참 좋겠어요. 난 종일 벽만 바라보고 있잖아요."

"미안해요. 그 대신 내가 다 바깥소식을 말해주잖아요. 지금 눈동 자가 참 예쁜 아이가 날 보고 방긋 웃었어요. 당신도 그 아이의 눈동 자를 생각해 봐요. 어때요? 기분이 한결 좋지 않아요?"

"쳇, 몰라요!"

그러던 어느 날, 창문 쪽 환자가 갑자기 병이 악화됐다.

간호사의 도움이 필요한 순간이었는데 벽 쪽 환자는 창 쪽 자리를 탐내어 간호사를 부르지 않았다. 결국 창문 쪽 환자는 중환자실로 옮겨졌다.

며칠 후, 벽 쪽 환자는 창가 쪽으로 자리를 옮겼다. 그런데 창밖을 본 순간, 두 눈이 휘둥그레졌다.

"어? 세상에 이런!"

창밖으로 보게 된 것은 높은 담뿐이었다.

"저 사람은 나에게 좋은 기운을 주고자 늘 노력했는데 나는 저 사람의 자리만을 탐했다니…….. 미안해요."

벽 쪽 환자는 때늦은 후회를 하며 눈물을 흘렸다.

누구나 다 이기적인 마음이 있다.

남보다 내가 더 많이 가져야 하고, 행복도 더 누려야 하고, 좋은 일도 다 내 차지가 되어야 하다고 생각한다.

그런데 세상에는 그런 사람만 있는 것은 아니다. 남을 위해 내 것을 기꺼이 내주는 사람도 있다. 어려운 사람이 있으면 주저 없이 달려가 도움의 손길을 주는 사람도 있다.

남을 위한 삶, 그런 삶은 분명 아름다운 삶이다.

그 삶 안에는 진심이 있어야 한다. 진심이 있어야 도움을 받는 사람과 주는 사람 사이에 기쁨과 행복이 생겨난다.

한 번 봉사에 맛 들린 사람은 그것을 끊을 수 없다고 한다. 처음에는 남을 위한 일로 시작했지만 그것이 결국에는 나 자신을 위한 일임을 깨닫기 때문이다. 진심으로 봉사를 하는 사람들의 얼굴을 보라. 기쁨과 즐거움이 가득하지 않은가.

하루를 가장 행복하게 시작하고 싶은가?

그렇다면 오늘은 남을 위해 많은 시간을 쓰겠다고 계획을 세워

보자.

> 동료의 일을 덜어주기.
> 힘들어하는 이에게 손을 먼저 내밀어주기.
> 고개를 끄덕이며 상대방의 말을 잘 들어주기.
> 먼저 웃으며 인사하기.
> 식당에서 숟가락을 먼저 놓아주기.

대가를 바라지 않고 남을 위해 시간을 쓴다면 그 시간은 인생을 낭비하는 게 아니라 오히려 내 삶과 영혼을 살찌우는 의미 있는 시간이 된다.

이제
확실히
보이죠

나를 알려야 산다

자기 자신에 대해 과감히 말하라.
괜찮다고 느껴지면
자신의 관심사와 재능을 알려라.
예를 들어 자신이 과학소설을 좋아하고
그런 생각을 갖고 있는 사람을 알고 싶다면
그런 이야기를 퍼뜨려라.

– 주디 갤브레이스

'육일약국 갑시다'라는 책을 보면 홍보에 관련된 일화가 나온다.

저자 김성오는 경남 마산에서 4.5평의 작은 약국을 그것도 빚으로 시작하였다. 대형 약국도 아니고 그렇다고 번화가에 있는 약국도 아니라 당연히 매출이 좋지 않았다. 이대로는 안 되겠다 싶어 약국 홍보에 사활을 걸었다. 그 홍보 전략은 택시를 이용하는 것이었다.

"기사님, 육일약국 갑시다."

"예? 거기가 어디죠?"

"모르세요? 거기 유명한 약국인데."

"아, 그런가요? 저만 몰랐네요."

택시를 탈 때마다 육일약국을 가자고 했다.

1인의 홍보였지만 그 홍보 전략은 시간이 갈수록 빛을 보게 됐다. 택시기사들 사이에서 이미 육일약국은 유명해졌다.

택시는 달리는 광고판이 아닌가. 입소문을 타고 육일약국은 마침내 그 지역의 랜드마크가 되었다. 4.5평의 약국이 13명의 약사를 둔 기업형 약국으로 성장한 것이다.

책 '당신 자신을 브랜드화하라'에 이런 대목이 나온다.

"왜 줄리아 로버츠가 편당 2천만 달러 이상의 출연료를 받을까? 그 것은 그녀의 신경질적인 웃음소리와 100만 와트 같은 미소, 그리고 화려한 금갈 색의 머리카락이 사람들에게 영화표를 팔아주는 상품이 기 때문이다."

어릴 때부터 우리는 '겸손'을 큰 미덕이라고 배워왔다.
그래서 그런지 몰라도 잘난 척하는 것은 여전히 바람직한 행동이 아니라고 인식하고 있다.

시대가 변했다. 변해도 진작 변했다.
이제는 나를 알려야 하는 시대가 온 것이다.
나를 적극 홍보하자.

더디게 온다 해도, 다시 또 시작

며칠 전에 물병에 꽂아 놓은 개나리 한 줄기
세상의 속도보다 더 빨리 내 방에 봄을 불러들입니다.
아직도 겹겹이 이불을 뒤집어 쓴 시간 앞에
그 앙증맞은 작은 꽃망울이 무언가 할 말이 있는 듯합니다.

어서 일어나,
어서 일어나,
이제 울지 마,
나랑 같이 산책 가자.

그러고 보면 개나리는 참 대단합니다.
물 한 모금 공기 한 줌 그리고 햇살 한 줄기만으로
어쩌면 저렇게 행복한 표정을 지을까

왠지 내 자신이 부끄러워집니다.
저 꽃망울도 차가운 겨울강을 건너왔을 텐데
어떻게 저렇게 해맑을 수 있을까.

그래, 창문을 열어야겠습니다.
가슴에 옭아 맨 수도꼭지를 이제는 열어야겠습니다.

고인 눈물이 다 빠져나갈 즈음,
우리에게도 다시 사랑은 찾아오겠지요.
마지막 한 방울이 가슴 끝자리에서 빠져나갈 때
그때는 분명 쓰린 가슴에도 꽃망울이 새록새록 다시 돋아나겠지요.
겨울을 건너온 저 개나리처럼 말입니다.

눈이 온다는 소식

눈이 온다는 소식을 들은 건
출근길, 삼각지를 돌아가는 버스에서였습니다.

브레이크를 밟을 때마다
사람들은 밀리지 않으려 안간힘을 썼고
괜한 오해를 받지 않으려고
아가씨 앞에 서 있던 그는,
필사적으로 손을 엿가락처럼 늘려
간신히 손잡이를 잡습니다.

버스는 달리고
사람은 내리지 않았습니다.

어디를 향해 가는 것일까

사람의 얼굴은 붉게 달아오르고
누구 하나 웃는 얼굴이 없습니다.

사람들의 머리 위에서 김이 모락모락
군불이 피어나고
그의 새로 산 신발에 발자국이 수없이 찍힐 즈음,

반갑게도 눈소식이 들려 온 것입니다.
지지찍, 지지찍,
버스 라디오에서 희미하게 들려오는
오늘 밤에 눈이 온다는 소식.

순간, 사람들은 셜레는 얼굴로
밖을 내다보았고

그는 그 틈을 타,
앞에 있는 아가씨의 어깨에
눈 오는 그날 밤, 옛 추억을 생각하며
잠깐, 그리움을 기대고 말았습니다.

그때는 몰랐습니다

이마에 막 꽃 피기 시작한
여드름 하나,
그것이 아픔의 시작인 줄 몰랐습니다.

그때는 몰랐습니다.
소국 한 송이 필 즈음,
사람이 사람을 그리워한다는 사실도
차마 몰랐습니다.

하나 둘, 여드름이
이마의 벌판을 지나 눈썹 타고
급기야 얼굴 전체에
붉은 꽃밭으로 만발할 때
내 얼굴 속에 또 다른 얼굴이 존재함을.

그리하여 가슴 벅차고
때론 젊은 날의 호흡이 서럽도록
느슨해지고 나약해짐을.
또 그리하여 내가 나를 미워하고
내가 차라리 하염없이 무너지고 싶음을.

그때는 차마 몰랐습니다.
어디서부터 시작된 지도 모르는
작은 불씨 하나가
내 생의 전부를 무너트리고 마는,

자꾸만 자꾸만
피어오르는 그 열병이
내가 이 세상에 살아가는 이유가 될 거라고
그때는 정말, 까마득히 몰랐던 것입니다.

다시 그리워하겠습니다

단풍잎 꽂은 시집 하나를 들고 길을 걷습니다.
이따금씩 마을버스가 지나가고
저만치 서 있던 허수아비는 피곤한지 기지개를 폅니다.
걷다가 지치면 시 한 줄 먹고
또 걷다가 지치면 코스모스와 인사합니다.
지루하다 싶으면 낡은 전봇대 위에 휘파람을 걸쳐 놓고
새의 그림자밟기를 하며 한 발 한 발 경쾌하게 내딛습니다.
언제나 길은 새롭고 끝이 없습니다.
모퉁이만 돌아가면 다 닿을 것만 같지만
길은 언제나 마술처럼 또 다른 길을 잉태합니다.
혼자 있다는 것이 그리 외로운 것만은 아닙니다.
적어도 지금 이 순간만큼은 울퉁불퉁한 이 길이
내겐 친구이고 연인이 됩니다.

가끔 나는 사는 것이 건빵처럼 퍽퍽하고

거미줄 같은 인간관계를 잠시 놓고 싶을 때면
어김없이 망해사를 향합니다.

김제에서 1차선 국도를 따라 걷다 보면
절과 바다가 하나가 되는 곳이 있습니다.
그곳이 바로 망해사입니다.
바다를 향해 얼굴을 내민 작은 암자는 늘 바다를 그리워했고
바다는 그 마음을 품지 못해 눈물 글썽거린다는 그 작은 나라.

하나가 된다는 것, 그건 그리 쉬운 일만은 아닌가봅니다.
바다를 바라보며 두 손을 모아 기원을 했습니다.
우리가 사는 동안만이라도
적어도 이룰 수 없는 사랑은 찾아오지 않기를,

밤이 되어 다시 도시로 돌아오는 길 내내
사람의 인연이라는 것에 생각합니다.
서로에게 놓인 보이지 않는 끈을
같은 시간 같은 힘으로 잡아 당겨야 이루어진 것,
그것이 바로 인연인 것 같습니다.
언젠가는 내 주위를 공전하는 이와 개기월식이 될 것을 믿기에
바다와 작은 암자가 언제가 다시 하나가 될 즈음
사랑하는 이와 함께 망해사에 다시 한 번 꼭 와야겠다고 다짐합니다.

내일을 기대하며

지금은 힘들지만 그것은 내일로 가는 통로일 뿐

그대여 쉽게 무릎 꿇지 마십시오.

아직도 글을 쓰니? 아직도 연극을 하니? 아직도 음악을 하니?

당신이 만약 글쟁이고 연극배우이고 음악가라면

이 질문을 어떻게 받아들이겠습니까?

더욱이 당신이 세상 사람들에게 알려지지 않은 무명이라면……

'아직도'로 시작되는 질문이 이미 그들을 지치게 만들었는지도 모

릅니다.

하지만 그들은 그 질문에 개의치 않습니다.

그들은 분명 마음이 부자이기 때문입니다.

알아주는 이는 없지만 이미 자신의 마음 안에

거대한 세상 하나쯤은 품고 살기 때문입니다.

생각하고 느끼는 것에 그치지 않고 그것을 자기만의 방식을 통해

표현을 할 수 있다는 것,

그건 꿈의 표현일 것이며 이 세상에 가장 행복한 일임에 틀림없습니다.

아직도 당신은 꿈을 찾기 위해 방황하십니까?
하루에도 수십 번 꿈을 버리고 다시 주워 옵니까?
이제 첫 꿈을 향해 다시 달려가십시오.
당신 안에 있습니다. 당신 안에 분명히 당신만의 꿈이 있습니다.
하루가 다르게 변하는 것이 아니라 '아직도'라는 말을 들을지언정
그 끝을 향해 끊임없이 갈 수 있는 인내와 용기,
그것이 바로 꿈으로 가는 가장 빠른 길임을 당신은 잊지 말아야 합니다.

사람과 사람 사이

한적한 겨울 바닷가에 홀로 있을 때나
아니면 깊은 산 속을 목적지도 모른 채 혼자 걸어갈 때
누구나 다 귓가에 스치는 고독을 느끼게 됩니다.
혼자이기에 느끼는 고독,
하지만 그 고독보다 더 절대고독이 있습니다.

당신은 뼈 속까지 파고드는 절대고독을 경험하셨습니까?
혼자보다는 무리 속에서 느끼는 고독,
그것이야말로 사람을 견딜 수 없는
슬픔과 우울의 그늘에 젖어 들게 만듭니다.
수많은 사람들 사이를 헤치고 나갈 때
아무도 당신을 알아보는 이가 없거나
그 누구와도 인연의 끈이 닿지 않을 때
그것만큼 차마 눈물겨운 고독은 없습니다.

고독하십니까?

당신의 손끝으로 다른 이의 고독을 어루만져 주십시오.

한 발자국만 다가가 먼저 손을 내밀면 됩니다.

고독은 멀리 있는 게 아닙니다.

겨울 바닷가나 깊은 산 속에 있는 것이 아니라

바로 사람과 사람 사이에 숨어 있는 것입니다.

홀로 길을 걷다

마른 풀꽃을 입술에 대며 길을 걷습니다.
코스모스가 양 길가에 앞으로 나란히 하며 가지런히 서 있고
이따금씩 방귀를 품으며 마을버스가 춤추며 지나갑니다.
저만치 서 있는 허수아비는 어깨가 저렸던지
잠시 두 손을 내려 가볍게 맨손체조를 합니다.

앞을 봐도 뒤를 돌아보아도 사람흔적 하나 없는 길,
그렇다고 이 길의 끝이 있는 건 아닙니다.
길모퉁이 돌아가면 또 길이 있고
그 길에 끝닿으면 또 길을 잉태합니다.

어둠이 서서히 소나무 나뭇가지 밑으로 내려오고
산기슭의 벌레들도 서서히 집으로 몸을 옮길 즈음,
나도 모르게 문득 사람이 그립긴 하지만

그렇다고 이 길을 버리고 도시의 빛을 찾아가고 싶진 않습니다.

가끔은 세상과 벽을 쌓고 싶을 때가 있습니다.
그럴 때마다 전주 근교에 있는 '은석골'이라는 마을을 찾아갑니다.
사람이 없어서 더 사람이 그리운 그 길,
그 길을 홀로 걷다 보면 참으로 편안해집니다,
손가락 끝으로 나뭇가지와 악수하고
읽다 만 시집을 저수지에 띄우고
외딴 집에 들어가 내가 주인행세를 하며 들어 눕기도 합니다.

젖은 마음, 누구에게 보이고 싶지 않을 때
당신도 길과 한번 만나 보세요.
나만의 길, 나만 아는 길,
당신도 이 세상 사람들이 아무도 모르는
당신만의 그 비밀스러운 길 하나쯤 갖고 계시는지요.

어린 당신으로 가자

세상을 살다 보면 때론 화가 나고 짜증 나는 일이
어김없이 찾아오기 마련입니다.
그럴 때 당신은 어떻게 그 마음을 달래는지요.
가장 좋은 방법 하나 일러드리지요
그건 바로 아이들의 얼굴을 바라보는 것입니다.
놀이터에서 모래성을 쌓는 아이의 얼굴
그네에 매달려 하늘의 엉덩이를 쓰다듬는 아이의 얼굴
그리고 놀다 지쳐 나무그늘에서
소르르 잠이 들고만 아이의 얼굴
아이들의 얼굴 안에서 걱정, 욕심, 미움, 증오가 없습니다.

고운 나비의 나래, 비단결 같은 꽃잎,
아니 아니 이 세상의 곱고 보드럽다는
아무것으로도 형용할 수 없이

보드랍고 고운 이 자는 얼굴을 들여다보라
그 서늘한 두 눈을 가볍게 감고 이렇게
귀를 기울여야 들릴 만큼 가늘게 코를 골면서
편안히 잠자는 이 좋은 얼굴을 들여다보라

어린이의 영원한 친구, 방정환 선생님의 글입니다.
선생님의 글처럼 아마도 이 세상에서
가장 아름다운 모습은 어린이의 자는 모습일 것입니다.
어린 시절로 돌아가고 싶다,
누구나 한 번쯤은 이런 생각을 했을 겁니다.
하지만 그게 불가능한 일만은 아닙니다.
개미에게 인사하고 구름과 악수하고
새소리에 춤추고 늘 휘파람을 불고 다닌다면
당신도 다시 그 순수했던 어린이가 될 수 있을 겁니다.
세상을 살다 보면 때론 화가 나고 짜증 나는 일이
어김없이 찾아오기 마련입니다.
그럴 땐 이제 당신 안에 있는 어린 당신의 얼굴을 바라보십시오.

한 번쯤은
위로받고 싶은 나

초판 1쇄 발행 | 2014년 11월 12일
초판 2쇄 발행 | 2015년 1월 12일
초판 3쇄 발행 | 2015년 3월 16일
초판 4쇄 발행 | 2015년 8월 26일

지은이 | 김현태
펴낸이 | 김의수
펴낸곳 | 레몬북스(제396-2011-000158호)
전화 | 070-8886-8767
팩스 | (031) 955-1580
이메일 | kus7777@hanmail.net
주소 | 경기도 파주시 문발동 535-7 세종출판벤처타운 404호
디자인 | papermime

ⓒ레몬북스

ISBN 979-11-85257-06-8 (03810)

※ 잘못 만들어진 책은 구입처에서 교환 가능합니다.

이 도서의 국립중앙도서관 출판예정도서목록(CIP)은 서지정보유통지원시스템 홈페이지(http://seoji.nl.go.kr)와 국가자료공동목록시스템(http://www.nl.go.kr/kolisnet)에서 이용하실 수 있습니다. (CIP제어번호 : CIP2014031250)